정자매 하우스
오늘도 열렸습니다

여자 셋, 남자 둘, 그리고 고양이 하나,
끈끈하지 않아도 충분한
사람과 집 이야기

정자매
하우스
오늘도 열렸습니다

정자매 지음

미래의창

여기가 뭐 하는 곳이냐고 물으신다면

같이 살기 참 잘했어 여자 셋 남자 둘 고양이 하나

살아보니 이래요

에필로그 우주적 스케일의 집을 꿈꾸다

2층 큰정

 국문과를 나왔다. 좋아하는 것은 영어였는데 미국 어학연수를 준비하다 불발된 후 친구 따라 중국으로 어학연수를 가게 되었고, 이를 계기로 현재 10년 차 중국어 통역사가 되었다. 반복되는 일상이 참기 힘들어 회사를 여러 번 그만두었고, 네 번째 회사를 나오면서 회사원 대신 프리랜서의 길을 가기로 했다. 프리랜서로 자리 잡기까지의 배고픈 시절 동안 오랜 취미였던 메이크업을 배웠는데, 재밌어서 계속하다 보니 어느새 메이크업도 7년 차가 되었다. 얼마 전 사촌 동생과 논현동에 메이크업숍을 오픈해 중국어 통역과 메이크업을 병행하며 생계를 꾸리고 있다.

#ENFP #재기발랄한활동가 #자유로운영혼 #아싸무리에선인싸 #인싸무리에선아싸

2층 작은정

이 집에서 유일하게 고정적 월급을 받는 10년 차 IT 디자이너. 거의 모든 시간이 '바쁨' 상태에 있을 만큼 하루를 매우 충실하게 보낸다. 주 5일 회사에 다니면서도 독서  모임도 가고, 꿈 모임도 나가고, 요가도 배우고, 테니스도 치고, 빵도 굽고, 와인 소믈리에 자격증 시험도 준비하고, 부모님의 각종 잔심부름도 하고, 친구들 모임에도 참석하고, 집에 있는 식물도 관리하고, 고양이랑도 잘 놀아준다(참고로 작은정이 이 모든 일을 할 때 큰정은 주로 누워 있다). 비록 큰정보다 4년 늦게 태어났으나, 다른 모든 요소를 종합적으로 고려해볼 때 작은정이 '실질적 언니'라 할 수 있다.

#ESTJ #엄격한관리자 #계획적 #일매우잘함 #이집의빛과소금 #정반장

2층 라이

폭우가 내리던 날 구조한 하얀색 길고양이. 풀네임은 '정 드 또라이'. 원래 이름은 더는 비에 젖지 말고 항상 뽀송뽀송하게 살라고 드라이Dry였지만, 데리고 살아보니 성격적 결함이 있어 또라이, 여기에 우리의 성을 붙여 최종적으로 정 드 또라이가 되었다. 극강의 내향형으로 집에 초인종이 울리는 순간 포복 자세로 방에 기어들어가 손님이 갈 때까지 몇 시간이고 나오지 않는다. 그러다 손님이 나가면 잽싸게 튀어나와 애옹애옹하며 한참 성질을 내다가, 결국 우리 옆구리에 몸을 붙이고 자는 애정 결핍 스타일이다. 최근에는 손님들이 찾아오면 발 냄새를 맡고, 츄르를 받아먹고 튀는 정도까지 사회화되었다. 사실상 2층의 서열 1위다.

#INFP로추정 #열정적인중재자 #확신의내향형 #예쁘지만또라이 #스트리트출신

1층 H

11년 차 N독서모임의 운영자. 이 집의 '이성'을 담당하고 있다. 뭐든 마음먹은 일은 반드시 해내는데, 그건 될 때까지 하기 때문이다. 우리의 소박한 공동체의 방향을 제시해주고, 기꺼이 동참해준 정자매의 '정신적 지주'다.

#ESTJ #엄격한관리자 #이성적 #정신적지주

1층 S

B심리상담소의 상담가. 이 집의 '감성'을 담당하고 있다. 따뜻한 공감과 냉철한 판단으로 주변에 사람들이 끊이지 않는다. 전라도의 딸로 태어나 타고난 한식 손맛을 가지고 있다. 최근 시집을 읽으면서 술을 마시는 '시바Sibar(발음 매우 주의)'를 비정기적으로 열고 있다.

#ENFP #재기발랄한활동가 #감성적 #전라도의딸

지하 총각

H레스토랑의 사장이자 메인 셰프. 논리적인 말싸움에 매우 능하여 정자매의 굵직한 이슈들을 다루면서 이 집의 '해결사'를 담당하고 있다. 단언컨대 가장 맛있는 크림치즈 연어롤과 샌드위치를 만든다.

#ENFJ #정의로운사회운동가 #해결사

프롤로그

이 모든 것의 시작

그저 동생의 결정에
따랐을 뿐입니다만

큰정 시점

김〇〇 단독주택에 살아요?

큰정 네

김〇〇 집을 산 거예요? 얼마 주고 샀어요?

큰정 여동생이랑 같이… 뭐, 그렇게 됐네요.

김〇〇 집이 몇 층짜리예요?

큰정 지하랑 1층, 2층, 옥탑 이렇게 있어요.

김〇〇 다 사는 거예요?

큰정 저랑 동생은 2층에 살아요.

김〇〇 그럼 나머지는요?

큰정 1층은 친구 두 명이 독서모임이랑 심리상담소를 운
        영하고 있고, 지하는 아는 사람이 살아요.

김〇〇 와, 대단하시네요!

단독주택에 살고 나서 이런 대화를 몇 번이나 했을까. 대화 상대에 따라 리액션의 양만 달라질 뿐 나누는 내용은 비슷하고, 대화의 마무리는 한결같이 '대단하네'다. 물론 여기에서 '대단하다'의 어감은 '거참, 별나네'에 가깝다.

30대라는 젊은 나이에 아파트가 아닌 단독주택에 살고(?), 흔히 말하는 결혼 적령기의 두 자매가 아직도 결혼하지 않고 함께 살고 있으며(??), 1층에는 친구들이 독서모임과 심리상담소라는 낯선 공간을 운영하고, 지하에도 친구가 산다는(???), 보통 사람들에게는 그야말로 '별난 것들의 종합세트'였던 것이다.

이런 대화를 경험한 건 우리뿐만이 아니었다. 다른 층 사람들도 항상 비슷한 질문을 받는다고 했다.

박□□   공간이 특이하네요. 어떻게 여기에서 독서모임을 하게 되셨어요?

1층 H   원래 정동에서 8년 동안 운영하다가 임대료 때문에 고민하던 차에 독서모임 멤버인 정자매가 자신들의 집에서 독서모임을 운영하면 어떻겠냐고 제안을 해줬어요. 그래서 2019년에 여기로 옮기게 된 거예요.

박□□   심리상담소도 같이 운영하는 것 같은데, 누가 하시는 거예요?

1층 H   독서모임 멤버 중에 삼청동에서 심리상담소를 운영하던 분이 있는데, 독서모임은 주로 저녁에만 운영하다 보니 시간을 나눠 공간을 공유하면 좋을 것 같아서 같이 여기로 옮겼어요.

박□□   아, 재밌네요(이 역시 어감상 '독특하다'에 가깝다).

이렇게 살게 된 이유

사람들의 반응만 봐도 우리가 조금 별나게 살고 있기는 한 것 같다. 좋게 표현하자면, 이렇게 모여 사는 삶이 '트렌디'한 것으로 비치는 듯하다. 하지만 나는 트렌디한 것과는 거리가 먼, 오히려 남들이 많이 하는 것에 편안함을 느끼는 스타일이다. 반면 디자이너인 동생은 직업 특성상 항상 신문물에 밝았으며, 그것을 주로 나에게 전파하는 역할을 했다. 혼자 제주도에서 한 달 살기라든지, 무인도 체험, 호캉스, 독서모임 등 동생은 이 모든 것들이 유행하기 전에 항상 먼저 시작했다. 나는 그게 얼마나 좋았는지 동생의 경험담을 듣고 나서야 시작할 수 있는 사람이다. 처음에는 다소간 의구심이 있었지만 결국은 내가 더 잘 즐기곤 했다. 그런 경험들이 쌓이면서 나는 동생의 '별난' 결심들에 대해 무한한 신뢰를 하게 되었다.

단독주택 살이 역시 동생의 '별난' 결심 중 하나였다. 당시 나는 마땅히 움직일 공간이라고는 없는 6평짜리 오피스텔에 살고 있었다. 그런데 이느 날 동생이 "단독주택에 살아보려고 하는데 언니도 동참할래?"라고 물어보는 것 아닌가. 답답함을 느끼던 차여서 솔깃하긴 했지만, 동생이 인터넷으로 찾아온 단독주택은 깨끗하지도 않고, 냉장고와 세탁기 같은 옵션들이 하나도 없었다. 내 눈에 보인 단독주택은 그냥 시골 할머니 집 같았다.

"언니 싫으면 혼자라도 살게. 언니는 빠져도 돼."

나의 난색을 되레 무색하게 만드는 동생의 단호함에 나는 깨갱했고, 그렇게 동생과의 단독주택 살이가 시작되었다. 그것이 보광동 전셋집이다. 그리고 이번에도 어김없이 나는 동생의 결심에 따랐다. 이렇게 살게 된 이유에 대해 궁금해하는 사람이 많은데, '동생 말을 잘 듣다 보니'가 나의 답이다. 진짜 이유는 동생이 알려줄 것이다.

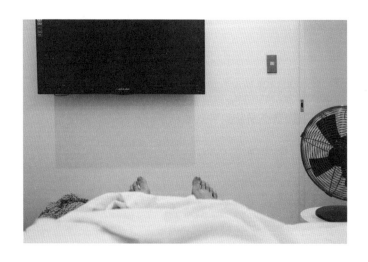

나는 대부분의 시간을
내 방에서 이 자세로 보낸다.

집에서 잠만 잘 수는
없잖아요

작은정 시점

'이 모든 것의 시작은 바로 그때부터였다'라고 말할 수 있는 극적인 순간이 있을까. 아무리 기억을 분해해봐도 평소와 다른 순간들은 꽤 있었지만 뾰족하게 드러나는 것은 없었다. 그 순간들은 인식하기도 어려울 정도로 작고 희미한 것이었고, 개별의 사건으로는 특별할 것 없었다. 하지만 조금씩 나를 정해진 삶의 궤도에서 빗겨 나가게 했다. 그리고 그것이 지금 이 작은 단독주택에서 좋아하는 사람들과 살게 했다고밖에.

내 주변에는 재주 있는 친구들이 많다. 그래서 뭐든 벌리면 잘 해낼 친구들과 함께 뭔가를 도모할 수 있는 '공간'이 필요했다. 거대한 공간을 바란 것은 아니었지만 관리와 접근이 용이하면서 너무 프라이빗하지 않은, 모두가 편안하게 넘나

들며 새로운 것을 시작해보기에 좋은, 일종의 창고 같은 공간을 원했다. 공동 사무실을 구하자는 아이디어가 나오기도 했지만 비싼 서울 부동산에서 가끔 사용하는 사무실 공간을 대여하기란 여유가 있지 않은 이상 선뜻 결정하기 쉽지 않은 일이었다.

공공의 공간은 N분의 1이라 부담이 적은 편이긴 하지만, 책임 또한 나뉜다는 단점이 있다. 누군가가 책임지고 관리하지 않으면 어떻게 방치될지 알 수 없었다. 무엇보다 월세 입금 날마다 생산적인 뭔가를 빨리 이루어야 할 것 같은 압박감을 느낄 것이 분명했다. 내가 바란 건 작업실이면서 주거도 가능한 2in1 공간이었다.

하루에도 몇 번씩 기대와 절망을 오가며 부동산을 찾아다녔고, 2016년 6월 마침내 보광동의 1층짜리 단독주택을 발견했다. 전셋집이었는데 크지 않지만 쓰기에 충분했다. 정리되지 않은 집이라 손길이 필요한 부분들이 많았지만, 오히려 손길 따라 그림이 그려지는 매력이 있을 것 같았다. 자금이 넉넉지 않아 셀프로 인테리어를 하다 보니 제대로 모습을 갖추기까지 대략 3개월의 시간이 걸렸다. 나는 이곳에서의 새로운 삶의 시작을 기념하기 위해 친구들과 함께 소소하게 공연을 열었다. 이름하여 '소담 음악회'.

이곳은 좁은 골목길을 사이에 두고 2~3층의 오래된 빨간 벽돌식 다세대 주택들이 밀집해 있는데 우리 집만 푹 꺼진 듯 내려앉은 1층짜리 단독주택이었다. 이웃에서 창문을 열면 바로 집 마당이 훤하게 내려다보이는 구조라 이왕이면 이웃들이 함께 즐거워할 수 있는 정취가 있었으면 했다(지금 생각해보면 시끄러웠을 텐데 이해해주신 것에 무한 감사드린다). 작은 담을 사이에 두고 열린 소소한 음악회는 사람들과 함께 나눈 즐거운 추억이 되었다. 그렇게 나의 단독주택 살이는 걱정과 달리 출발이 좋았고, 우리들의 아지트로 제 역할을 잘해줬다. 2년 반을 그림 모임, 꽃집, 도시 텃밭, 메이크업 클래스, 에어비앤비, 소소한 홈파티 등 허투루 써 본 날이 없을 정도로 열심히 사용되었다.

사실 나의 독립 공간 프로젝트의 첫 시작은 '나가다 프로젝트'다. 이 프로젝트로 말하자면 부모님 댁에서 해방되고 싶어 몸이 근질거렸던 두 여자의 잽*이라 할 수 있다. 함께한 친구는 회사 동기로 나와 여러 면에서 달랐지만 똘끼적 엉뚱함

🏠 권투경기에서 상대방에게 건네는 가벼운 주먹 놀림으로 그때 우리가 할 수 있는 최선의 한 방이었다. 물론 매가리 없는 저항이었지만.

과 역마살 측면에서는 비슷한 구석이 있는 친구였다. H(여기서는 이렇게 칭하겠다)는 분당에서 태어나 초중고를 모두 분당에서 나왔는데 회사마저 집에서 도보로 출퇴근이 가능한 곳에 취직을 했다. H에게는 부모님의 집을 나올 만한 어떠한 근거도 없었다. 그저 독립하고 싶다는 간절한 마음 빼고는.

치솟는 집값도 문제지만 회사에서 가까운 부모님 댁을 두고 굳이 더 멀리 떨어진 곳에 집을 구한다는 것이 얼마나 웃긴 생각이었는지 왜 그때는 몰랐을까. H와 나의 공통점은 하나 더 있었다. 바로 매우 경솔하다는 것. 생각이 깊지 않고 일단 일을 벌여보자였는데, H의 실행력은 나보다 한 열 배 정도더 빨랐던 것 같다(H는 급변하는 IT 업계의 기획자였다).

비가 오기를 바라며 정화수를 떠놓고 기도만 하고 있을 우리가 아니었다. 당장 독립은 무리더라도 어디에 살면 좋을지 찾아보고 3박 4일 정도 '함께 살아보기'로 했다. 몇 년 전 유행했던 '○○○에서 한 달 살기'의 초단기 버전이라 할 수 있다(이때부터 작은정은 참 트렌디했다). 마침 에어비앤비라는 숙박 서비스가 한국에서 자리를 잡아가고 있던 터라 호텔이 아닌 우리가 원하는 '집 같은 숙소'를 구할 수 있었다. 근미래에 살게 될 수도 있기에 마냥 여행 같아서는 안 되고 진짜 동네 주민처럼 그곳에서 출근하고, 퇴근 후 저녁을 보내고, 주말 생활까지 해봐야 한다는 계획이었다. 시작은 경솔했을지언정 진행만큼은 나름 철두철미했다. 그 와중에 독립의 묘미라 할 수 있는 홈파티도 계획했다.

그렇게 우리는 평일과 주말을 적절히 섞어 금요일에 그곳으로 함께 퇴근하고 월요일에 출근하는 일정으로 잡았다. 첫 동네는 출퇴근 대중교통이 용이하면서도 오랜 경기도민이었던 두 여자에게 힙한 서울 라이프의 로망을 실현해줄 이태원으로 정했다. 그렇게 제일기획 뒤편에 리모델링한 작은 단독주택이 나의 첫 집이 되었다.

3박 4일용 이삿짐(여행 캐리어)을 들고 퇴근한 우리는 집으로 가는 내내 이 엄청난 계획에 대해 깔깔대며 이야기했던 기억이 아직도 선명하다. 부모님은 멀쩡한 집을 놔두고 강원도도 제주도도 아닌 서울로 여행을 간다고 잔소리를 했지만, 우리의 나가다 프로젝트는 나름 성공적이었다. 퇴근 후 장도 보고 주말 아침 동네 커피숍에서 브런치도 먹고 친구들을 초대해 소소하게 파티도 열었다. 그 후에도 우리는 살 곳을 체험해본다는 명목하에 각자 또 같이 이사 여행을 떠났다.

결론부터 말하자면 H와 나는 함께 살지는 못했다. 그로부터 1년 후 나는 보광동으로 독립했고, H는 5년 만에 회사와도 본가와도 멀리 떨어진 청담동에서 첫 독립을 맞이했다. 가성비라고는 1도 없는 그저 느낌만 좋은 곳이지만, 그녀는 인생에서 가장 반짝이는 시기를 현재 그곳에서 보내고 있다. 이사 여행을 다니면서 나는 내가 좋아하는 동네가 어떤 느낌을 담은 곳인지 알게 되었고, 어떤 삶을 살고 싶은지도 어렴풋이 그릴 수 있었다.

스무 살 이후로 서울살이를 시작하면서 아파트나 오피스텔에 안 살아본 것은 아니다. 이런 곳은 살 때는 더없이 편하나 떠나고 보면 딱히 남는 이미지가 없었다. 그런데 고작 2년 반을 살았던 보광동의 단독주택은 머릿속에 카테고리를 만들어 정리해야 할 정도로 수많은 기억들을 남겨주었다. 아마 나는 누군가가 잘 만든 세련되고 편리한 공간보다 뭔가 좀 불편하고 어설프더라도 무엇이든 내 손으로 직접 만들어나가는 것에 더 큰 가치를 두는 사람인 것 같다. 그렇게 보광동에서 살면서 집이라는 곳이 '잠만 자는' 공간이 아닌 '무엇이든 할 수 있는' 공간이라는 것에 확신을 가지게 되었다.

그리고 지금 나는 서울의 40년 된 단독주택을 샀다. 결혼자금을 몽땅 털어 넣었지만, 이 집에서 더 큰 우주적 스케일의 동네를 꿈꾸고 있다.

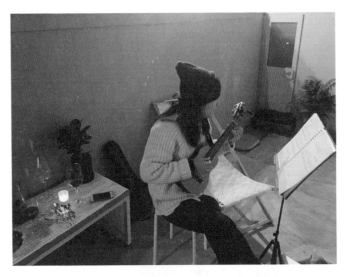

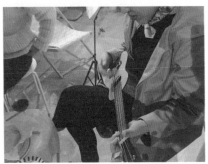

우리의 새 출발을 응원하는
자그마한 소담 음악회가 마당에서 열렸다.

그들의

속사정

언니,
우리 그냥 집 사자

엄마가 단독으로 계약(만)한 건 함정

2019년 1월 11일 이른 아침, 나는 이탈리아 여행 중이었고 눈을 떠보니 제주도 여행 중인 동생에게서 카톡이 와 있었다.

"언니 우리 집 사. ㅋㅋㅋ"

여기서 '우리 집'은 나와 동생이 살 집을, 'ㅋㅋㅋ'은 황당함을 의미한다. 우리 둘이 살 집이 둘 다 여행 간 동안 엄마에 의해 독단적으로 계약되었다는 뜻이다.

위치는 서울, 지하 1층＋지상 2층의 단독주택
1984년 완공, 급매

순간 잠이 확 깼다. 노 여사가 언젠가 집을 사겠구나 했지만, 이렇게 머나먼 이국땅에서 통보처럼 듣게 될 줄이야.

노 여사에게는 딸 둘이 있다. 큰 건 서른 중반, 작은 건 서른 초반이다. 그녀의 기준에 두 딸은 세상 모든 사람들에게 자랑하고 싶을 정도로 훌륭하지만(고슴도치도 제 새끼 털은 부드럽다고 하지 않는가), 그 딸들은 별로 결혼 생각이 없다. 노 여사는 그런 딸들이 못마땅하다. 결혼 잔소리를 했더니 둘 다 독립해 집을 나가버렸다. 노 여사는 (딸의 남자친구 유무와 상관없이) 큰딸 결혼식에서 입을 한복 스타일을 수년 전부터 정해놓았을 정도로 딸들의 결혼에 진심이지만, 그녀의 딸들은 결코 호락호락하지 않다. 혼수용으로 사둔 고가의 냄비 세트가 상자째로 너무 오랫동안 방치되자 결국 독립할 때 내놓았다. 그래도 서른일곱 살에 결혼했다는 친구 딸의 성공사례에 아직도 가슴이 뛰는 건 어쩔 수 없다. 연초마다 딸들이 언제 결혼하는지 유명 점쟁이를 찾아가 묻는다.

노 여사는 딸들에게 당장 남편이 없다면, 대신 서울에 집이라도 한 채 있어야 마음이 놓이겠으며, 그 집에 둘이 층을 나눠 같이 산다면 더욱더 마음이 놓일 것 같다고 생각한 듯하다. 그때부터 그녀는 집을 알아보기 시작했고, 노 여사의 '주택 찾기 대장정'이 시작되었다.

큰딸은 서울과 경기도 전체를 지하철로 다니는 뚜벅이 프리랜서고, 작은딸은 판교에서 일을 하고 있기에 둘 다 고르게 만족시킬 수 있는 교통편이 중요했다. 용산, 공덕, 약수와 같은 교통의 요지를 시작으로 그 요지에서 버스를 타고 굽이굽이 들어가야 하는 곳까지, 온갖 부동산을 다 찾아다녔다. 두 집 정도 가격이 맞는 곳을 찾았으나 한 곳은 건축물대장*이 없는 위반건축물이었고, 다른 한 곳은 아들이 몰래 노모 혼자 살고 있던 집을 내놓았던 것이 밝혀져 불발되었다. 이런 말도 안 되는 집들도 아쉬운 마음이 들 정도로 서울에서 가격에 맞는 집을 찾기란 하늘의 별 따기였다.

노 여사의 주택 찾기 대장정은 2년을 넘어가고 있었다. 웬만한 서울 부동산은 다 둘러봤지만 마땅한 곳이 없었다. 그렇게 포기하려던 찰나 이 단독주택을 만난 것이다. 시세보다 저렴하게 급매로 나온 1984년도에 준공된 아주 오래된 주택이

🏠 건축물의 위치, 면적, 용도 등 건축물에 관한 사항과 소유자의 성명, 주소, 지분 등 소유자에 관한 사항을 등록하여 관리하는 대장을 말한다. 그런데 이게 없는 건축물이라니.

었다.

　당시 이 집의 상태를 사람에 비유하자면 여든 살 정도의 노인이었다. 사연을 들어보니 집주인 할아버지가 갑자기 돌아가시면서 유산 상속 문제로 급매로 나오게 되었디고 한다. 2년 동안 부동산을 보러 다니면서 이 정도로 딸들의 니즈에 맞는 곳이 없다는 확신이 든 노 여사는 그 자리에서 시원하게 가계약을 진행했고, 그 소식은 카톡을 타고 머나먼 이탈리아와 제주도로 들려왔다. 물론 중도금과 잔금을 치러야 할 날짜와 금액도 함께 명시해서 말이다.

담장 위 화분과 구름 모양 시트지,
그리고 온갖 잡동사니들로 둘러싼
그야말로 맥시멀한 집이었다.

맥시멀한 첫인상이 강해서였는지 우리는
리모델링을 하면서 최대한 미니멀함에 초점을 두었다.

왜 하필
단독주택이냐고요?!

아파트 vs 단독주택

"왜 단독주택을 샀어요?"

(속마음 '아파트 샀으면 엄청 올랐을 텐데')

  단독주택을 산 후 많은 사람들이 이렇게 물어왔지만, 우리
의 대답은 단순하다. 단독주택에서 산 시간이 훨씬 길었고,
그만큼 단독주택이 자연스럽고 익숙하기 때문이다. 아파트
는 처음부터 선택지에 없었다. 부동산이나 주식과 같은 자산
투자에 크게 관심이 없다는 점도 한몫했다. 일례로 나는 증권
투자상담사 자격증을 따놓고도 주식 계좌조차 없으며, 동생
은 주식을 한 주씩 팔 수 있다는 사실도 최근에 알았다고 한
다. 주식도 이런데 하물며 부동산 투자는 말할 것도 없다.

  요즘 집을 주제로 여러 사람들과 이야기를 나누면서 든 생

각이 있다. 단독주택과 아파트 중 어디를 선호하는지의 문제는 어린 시절에 살았던 곳에 따라 이미 결정되어 바꾸기 어렵다는 것이다. 아파트에만 살았던 사람에게 단독주택의 장점을 아무리 이야기한들 이해하지 못할 것이고, 단독주택에만 살았던 사람도 마찬가지일 것이다.

여기에서는 내가 살면서 느꼈던 단독주택의 장점을 몇 가지 적어보려고 한다. 나는 이미 '단독주택파'이기 때문에 이러한 장점이 없더라도 단독주택을 선택했을 것임을 미리 밝혀둔다.

교통

우리 집은 지하철역에서 도보로 3분 거리에 있다. 길 찾기 앱에서 지하철 도착 시간을 확인하고, 정확히 3분 전에 집에서 출발하면 지하철을 탈 수 있다. 나는 뛰어다니는 것을 싫어하기 때문에 넉넉히 4분 전에 집을 나서고, 동생은 2분 전에 사냥하는 치타처럼 튀어 나간다. 엘리베이터를 기다리거나 아파트 단지를 나가는 시간을 고려할 필요가 없다. 3분이면 충분하다.

쓰레기 처리

아파트는 쓰레기 분리수거장이 마련되어 있는데, 단독주택에서는 쓰레기를 어디에 버려야 하는지 궁금해하는 친구들이 생각보다 많다. 단독주택은 자기 집 바로 앞에 음식물쓰레기통과 분리수거용 포댓자루가 있다. 쓰레기 버리는 데까지 1분 컷. 드라마에서 잠옷에 패딩을 걸쳐 입고 음쓰봉(음식물쓰레기 봉투의 줄임말이다. 이 정도는 다 알 거라 생각한다)을 든 채 뻘쭘해 하며 엘리베이터를 타는 상황은 발생하지 않는다.

주차와 보안

쓰레기 다음으로 궁금해하는 게 있다면 바로 주차다. 우리 집은 구청에서 시행하는 그린파킹 사업에 참여했다. 마당에 차한 대를 주차할 공간만 있으면 신청이 가능하다. 그러면 공사 담당자들이 와서 대문과 담장을 허물고, 마당에 보도블록을 깔고 주차선을 그어 전용공간을 만들어준다. 골목길 주차난해소를 위한 행정정책으로 모든 비용은 구청에서 부담한다. 대문을 없애다 보니 보안 위험이 있어 CCTV 두 대도 함께 설치해준다. 아직 CCTV를 확인해야 할 만한 상황은 발생하지 않았다. 현재 길고양이 관찰카메라로 사용 중이다.

자유

마지막으로 특별한 이유를 하나 더 더하자면, 자유다. 단독주택에서 누릴 수 있는 자유는 다양하지만, 내가 생각하기에 가장 큰 자유는 '남들과 더 이상 비교당하지 않을 자유'다. 아파트에 살면 검색 한 번으로 매매가를 알 수 있고, 그에 따라 아파트 줄 세우기가 가능해진다. 같은 브랜드의 아파트라도 '프레스티지Prestige'와 같은 단어를 붙이면서 끊임없이 서로를 서열화한다. '복사＋붙여넣기'인 아파트 구조 속에서 비싼 가구와 바닥재를 쓰면서 남과 다른, 남보다 나은 차별화에 매달린다. 하지만 단독주택은 다른 집과 차별화를 두기 위해 노력할 필요가 없다. 애초부터 이렇게 생긴 집은 여기밖에 없다. 같은 집이 없기 때문에 딱히 검색할 수 있는 시세도 없다(나도 우리 집이 얼마인지 모른다). 우리가 고민하는 것은 오직 '이 집에서 어떻게 더 재밌게 살 수 있을까' 뿐이다.

사람들은 또 묻는다.

"단독주택은 손이 많이 가지 않아요?"

그렇다. 손이 정말 정말 많이 간다. 며칠 전에는 흰색 벽에 손때가 탔길래 붓을 들고 직접 페인트칠을 했고, 지하는 집수 정* 모터 고장으로 한 시간 넘게 화장실에서 사투를 벌여야 했다. 그뿐인가. 최근 비가 꽤 내리기 시작하면서 벽에 곰팡이가 생겨 락스를 뿌려 닦았고, 외부 계단은 비 올 때마다 미끄러워서 (한 번 크게 넘어진 후에야) 미끄럼 방지 테이프를 붙였다.

나는 집수리에 취미도 재능도 없는 사람이다. 할 줄 아는 것이라고는 전등 갈아 끼우기와 화장실 배수구 뚫기가 전부였다. 하지만 단독주택에 살면서 페인트칠하기, 장판 깔기, 미장하기, 우레탄 방수 바르기, 타일 메지 채우기 등 대체 무슨 일인지 감도 안 잡히는 일들을 할 수 있게 되었다. 최근에는 동생과 둘이서 마당에 그늘막을 설치했다. 전문가를 부르면 일단 50만 원은 기본이기 때문에 자잘한 수리들은 직접 한

✿ 두 개 이상의 수원, 못, 우물 등으로부터 집수되어 하류로 보내는 지하 우물을 말한다. 생활하수가 집수정으로 모여 지자체 통합 하수관로로 빠져나간다고 보면 된다.

다. 물론 여전히 못 하는 것이 있긴 하다. '바퀴벌레 죽이기'와 '집 앞에 주차한 차주에게 차 빼달라고 전화하기'. 이것까지 잘하게 되는 날이 오길 바라지만, 크게 기대하지는 않는다.

단독주택은 시도 때도 없이 문제가 생긴다. 할 줄 모른다고 매번 전문가를 부를 수는 없다. 결국 직접 해보는 수밖에. 그러다 보면 사소한 문제 앞에 마음의 담대함이 생긴다. 작은 일에도 벌벌 떨며 살았던 나에게 가장 필요한 다른 얼굴의 자유였다.

셀프로 집 전체를 흰색 페인트로 칠했다.
이후 페인트칠에 대해 '직접 할 수 있다'와
'다시는 하기 싫다'라는 양가감정이 생겼다.

누구한테
맡겨야 하나

전부 마음에 들어서 문제?!

과연 여기에서 살 수 있을까?

이 집에 왔을 때 처음 든 생각이다. 마당은 주인 할아버지가 키우던 수십 개의 화분과 나무들로 점령되어 있었다. 화분은 어느 하나도 예쁜 것이 없었고, 벚나무는 심지어 대형 빨간 대야에 심겨 있었다. 외부 창문에 붙은 변색된 구름 모양 시트지는 막막함만 한층 더 더해줬다.

집 내부도 크게 다르지 않았다. 중도금을 치르기 전이라 지하와 1층, 2층 모두 사람들이 살고 있었는데, 숟가락을 꽂아 잠금장치로 쓰는 지하는 부지런히 쓸고 닦는 주인 할머니 덕분에 깨끗했지만, 마당에 있는 화장실을 써야 한다는 치명적인 문제가 있었다.

작년에 올수리를 했다던 1층에는 신혼부부가 살고 있었는데, 문을 열자마자 거실 중앙의 초대형 텔레비전과 초대형 양문형 냉장고만 눈에 들어왔다. 한 사람만 들어갈 정도의 작은 화장실에도 세탁기가 놓여 있어 활동할 수 있는 공간이 전무했다. 13평짜리 작은 집에 초대형 가전이라니, 다 들어가 있는게 놀라웠다(그 이미지가 상당히 강렬해 우리는 모든 가전을 작은 것으로 구매했다).

2층은 들어가자마자 쏟아질 것 같은 짐의 양에 압도당했다. 한 가족과 고양이 세 마리가 함께 살기에 2층은 너무 좁았다. 사람이 짐에 파묻혀 사는 듯했다. 모든 가구 위에 짐들이 산처럼 쌓여 있었고, 벽에는 온갖 스티커가 붙어 있었다. 짐에 비해 공간이 너무 좁아 정리 자체를 포기한 것처럼 보였다. 거실 창에는 구름 모양 시트지와 뽁뽁이가 너저분하게 붙어 있어 한낮임에도 햇빛이 많이 들어오지 않았다.

한층 더 막막해진 마음을 안고 옥탑에 올라갔다. 옥탑으로 올라가는 계단은 발 하나를 온전히 올려놓지 못할 정도로 폭이 좁고, 가팔랐다. 겁이 많은 나는 포복 자세로 계단에 거의 몸을 붙이다시피 해야 했다. 네 발로 기어 올라간 옥상에도 할아버지의 화분들이 있었다. 옥탑방의 상태는 더욱더 장관이었다. 전에 살던 세입자가 마치 야반도주라도 한 듯 옷가지와 살림살이들이 풀어 헤쳐 진 채 어지럽게 널려 있었다. 얼빠진 표정을 짓는 동안 우르릉하는 굉음이 귓가에서 들려왔다. 지하철이 지나가는 소리였다. 대대적인 리모델링이 시급했다.

리모델링의 시작은 당연히 업체 선정이었다. 리모델링 업체를 구한다는 말을 떼기가 무섭게 여기저기서 인테리어 '좀' 한다는 사람들이 나타났다.

이 집을 계약한 부동산 사장님은 대학에서 건축학을 전공했다며 싸게 해줄 테니 리모델링을 자기에게 맡겨달라고 했다. 김종서처럼 긴 머리를 묶고 다니는 그는 무명 기타리스트 같은 외모와 성격의 소유자다. 부동산을 운영하지만 정작 대부분의 시간은 부동산 사무실이 아닌 바로 옆 분식집에서 떡볶이를 만들고 있다. 권리금을 받으려고 일시적으로 운영하는 분식집이라고 하는데 떡볶이가 꽤 맛있다. 나중에 알게 된 사실인데 꽃 배달 업체도 운영한 경험이 있다고 한다. 정체를 알 수 없는 그에게는 떡볶이만 사 먹기로 했다.

친한 친구 남편의 절친도 있었다. 인테리어 사업을 했지만, 현재는 다른 일을 하고 있다고 했다. 친한 친구 남편의 절친이므로 중간에서 친구가 싸게 해달라고 입김을 넣을 수 있었지만 현직이 아니라 패스했다.

우리는 일단 업체 선정 기준부터 정리하기로 했다. 우리의 기준은 간단했다.

1. 삼십 대 후반에서 사십 대 초반의 나이일 것. 꼰대가 아니면서 경험은 풍부한, 회사로 치면 과장급
2. 요구사항을 기탄없이 말할 수 있도록 친한 관계가 아닐 것 (특히 혈연관계 절대 사절)

인스타그램(이후 인스타)과 블로그에서 핫한 업체와 컨택을 시도해봤으나, 역시나 그들은 매우 바쁜 모습이었다. 방문 견적을 선뜻 내주겠다는 작은 업체들과는 달리 먼저 우리 쪽에서 집 소개와 관련 사진, 예산을 최대한 상세하게 메일로 보내야 했다. 내부 검토 후에 리모델링'할 만하다'는 판단이 선 경우 집을 방문하겠다는 것이었다. 내돈내산인데 오히려 간택 받는 느낌이 들어 이 역시 패스했다.

업체 선정에 난항을 겪고 있던 와중에 혜성처럼 세 명의 후보가 등장했다. 처음 만난 후보 1이 무척 마음에 들어 더 볼 필요가 없다고 생각했지만, 주위에서 리모델링 견적은 최소 세 군데는 받아보는 게 좋다고 해서 확인차 후보 2와 후보 3과도 미팅을 했다.

후보 1. 동생 회사 동료의 남편

현재 건축사무실에 재직 중. 작년에 아파트 리모델링을 진행했는데 진행 결과가 딱 정자매 스타일. 직접 집에 찾아와 꼼꼼하게 살펴보며 유쾌하고 허풍 없이 진솔한 모습에 신뢰도 100퍼센트. 같이 온 와이프 분도 너무 좋아 보여 신뢰가 더욱 높아짐. 미팅 후 '바로 이 사람이다' 유레카를 외침.

후보 2. 남자친구 레스토랑의 단골손님의 남편

마흔 살로 추정. 밀라노에서 10년 동안 살면서 건축사무소를 다님. 현재 소규모 인테리어 업체 운영 중. 목소리가 조용조용하고 불필요한 말이 없으며 매우 차분한 성격. 농담을 몇 번 던졌는데 아주 희미한 미소만 돌아옴. 목소리 큰 정자매에겐 오히려 이렇게 조용한 스타일이 맞을 것 같았음.

후보 3. 베프의 남편의 베프

앞서 만난 후보 1과 후보 2가 둘 다 마음에 들어 난감한 상황에서 만난 후보 3. 미팅 약속을 잡는다고 첫 통화를 했는데 너무나 프로페셔널하고 신뢰감 가는 목소리와 말투(후보 3 너마저…). 미팅해보니 작업한 포트폴리오도 많음. 성격은 호탕함. 역시나 마음에 듦.

모든 미팅을 마친 후 동생과 나의 본격적인 번뇌가 시작되었다. 마음에 드는 곳이 없을까 봐 걱정했는데 되레 모두 마음에 들어 고민인 상황이 발생한 것이다. 삼인 삼색 매력이랄까. 이건 마치 수많은 소개팅 실패 후 마음을 추스르러 급 해외여행 비행기표를 끊었고, 이게 월요일 출발인데 그냥 잡아본 금, 토, 일 소개팅남이 셋 다 너무 괜찮은 상황이라 할 수 있겠다.

후보 1은 유쾌해서 좋았고 후보 2는 차분해서 좋았으며 후보 3은 호탕해서 좋았다. 동생과 따뜻한 바닥에 배 깔고 누워서 후보 1로 정하자고 해놓고, 한숨 자고 일어나면 후보 2가 낫겠다고 하다가, 외출하면 카톡으로 후보 3으로 하자는 무한 변덕의 시간이 계속되었다.

결국 리모델링 업체는 '희미한 미소의 후보 2(P실장과 J실장)'로 선정되었다. 선택 장애에 걸려 거의 끙끙 앓다시피 하던 중 후보 2가 단독주택을 개조해 만든 쇼룸이, 정확하게는 쇼룸 화장실의 휴지 위치가 결정적인 역할을 했다. 쇼룸 화장실의 휴지는 변기에 앉았을 때 편하게 손을 내밀면 닿는 곳에 있었고, 바로 옆 세면대에는 에이솝 핸드워시와 록시땅 핸드크림이 놓여 있었다. 사소한 휴지마저 함부로 놓지 않고 세심하게 따지는 사람이라면 다른 부분은 말할 것도 없겠다는 생각이 들었다. 저렴한 옷과 명품 옷을 가르는 기준이 결국 실밥 처리에 있는 것처럼 말이다. 우리는 '좋은 선택'을 했다고 믿었다.

그때는 몰랐다.
이 사람과 2년 뒤 소송까지 가게 될 줄은.

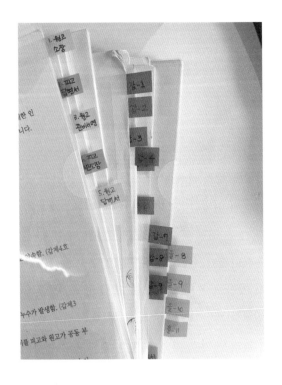

인테리어보다 피땀 눈물이 더 가득 들어간 소송 문건들이다. 한 치 앞도 알 수 없는 게 인생이다.

공사 전의
짧은 기록

어떤 집에 살 것인가

리모델링을 하기 전에 이 집을 어떻게 수리하면 좋을지 구상하던 기간이 있었다. 그 기간 동안 우리는 1층에서 지내게 되었다. 이사 온 첫날 싱크대 수돗물을 틀었는데 누런 녹물이 쫄쫄쫄 흘러나왔다. 이 물로 세수를 한다면 당장이라도 피부병에 걸릴 것만 같은 색깔이었다. 결국 첫날 밤 급하게 목욕용품을 챙겨 가까운 목욕탕부터 찾았다. 부랴부랴 싱크대와 샤워기에 필터를 끼워 넣었다. 필터 교체 주기는 3개월이라는데, 우리 집은 고작 하루 만에 샛노랗게 변했다.

가뭄 속 바싹 마른 물줄기처럼 낮은 수압도 문제였다. 녹때문에 수도관이 꽉 막혀 그렇다고 했다. 온도 조절도 쉽지 않았다. 1밀리 차이로 용암처럼 뜨거운 물이 나오거나 얼음장같이 찬 물이 나왔다. 이러다 보니 이사 온 날부터 일주일간은 샤워하는 것 자체가 큰 스트레스였다. 씻기 좋아하는 동생조차 머리 감는 것을 최대한 미룰 정도였다. 하지만 누군가 그랬던가. 살다 보면 집이 사람에 맞추는 게 아니고, 사람이 집에 맞추게 된다고. 이 말은 정확했다. 우리는 환경에 적응하며 유인원처럼 진화해나갔다.

문제인 곳을 찾자면 끝이 없겠지만, 이 집의 가장 큰 문제는 좁디좁은 욕실이었다. 변기와 세면대 하나 두기에도 벅찬 공간에 세탁기까지 욱여넣은 상태였다. 그러다 보니 샤워할 때마다 세탁기도 덩달아 물벼락을 맞았다. 우리는 일단 김장용 비닐로 세탁기를 덮어 세탁기를 지켜냈다. 샤워기의 수압이 낮고 온도 조절이 힘든 문제는 김장용 빨간 대야를 이용했다(김장용 도구들이 이렇게 유익할 줄이야). 샤워 10분 전부터 대야에 물을 가득 받아놓기로 한 것이다. 화장실 문턱이 낮아 샤워가 끝나면 문밖이 물바다가 되는 문제는 문지방에 수건을 깔아 두면서 하나씩 해결해나갔다.

대야에 따뜻한 물을 받아놓고, 바가지로 그 옛날 멱감듯 하는 샤워도 생각보다 나쁘지 않았다. 거의 생존 샤워에 가까웠지만 말이다. 그래도 덕분에 샤워 시간이 대폭 단축된다는 장점도 있었다. 사람은 정말 적응의 동물이었다. 두 달쯤 지낳을까 나는 동생한테 말했다.

큰정　　이제 이 집 나름 편한 것 같아.

작은정　(고개를 지으면) 니는 아니야.

그렇다. 모든 사람이 적응하는 것은 아니었다. 열악한 환경이었지만, 그래도 리모델링이 곧 시작될 것이라는 기대가 있었기에 견딜 수 있었다. 하지만 리모델링 설계는 우리의 예상보다 오랜 시간이 걸렸고, 우리는 이 상태로 두 달을 더 지내야 했다.

시작부터 기다림이라니,
어쩌면 이때가 리모델링 서사의 예고편이었는지도

리모델링,
그 우여곡절의 역사

내 것인 듯 내 것 아닌 내 것 같은 너

단독주택을 사고 나서 세 번을 앓아누웠다.

첫 번째는 계약서 때문이었다. 앞에서 얘기했듯이 이 집은 내가 이탈리아에 있을 때, 노 여사가 가계약을 했다. 한국에 돌아와서 계약서를 자세히 살펴보니 터무니없는 특약조항이 적혀 있었다. 잔금을 다 치르고 나서 한 달 뒤에 집주인이 이사를 나간다는 내용이었다. 사람 일은 모른다고 집주인이 기한 내에 이사 갈 집을 구하지 못한다면 어쩌란 말인가. 주위에 자문해보니 하나같이 '이사 나가기 전에 절대 잔금을 주면 안 된다'라고 입을 모았다.

이사 나가는 날짜에 잔금을 주겠다는 말을 하려고 부동산 사무실에 나와 동생, 집주인, 그리고 부동산 사장님(앞에 언급했던 김종서를 닮은 정체 모를 그)이 모였다. 숨막히는 삼자대면

속 집주인 아줌마의 인상이 매서웠다. 중간에서 부동산 아저씨가 계속 아줌마한테 쩔쩔매던 이유가 단번에 이해되었다.

정자매　잔금은 이사 나가실 때 드리는 거로 바꿔야 할 것 같아요.

집주인　이렇게 신뢰가 없는데 무슨 계약이야. 나 기분 나빠서 이 계약 못 해. 파기해!

（사실은 집을 내놓기 싫었던） 아주머니가 앙칼진 목소리로 받아쳤다. 두 시간 동안 부동산에서 고성이 오갔고, 울며 겨자먹기로 1천만 원을 보증금으로 남겨놓는 것으로 결론이 났다. 사실상 우리의 완패였다. 잔금을 치르고 한 달 내내 '집주인이 이사를 안 하면 어쩌지'라는 불안에 떨어야 했다. 천만다행으로 집주인은 새집을 구했고, 드디어 이삿날 D-1이 되었다.

동생이랑 그동안 괜한 걱정을 했다며, 이사 가는 데 맛있는 케이크라도 사다 드리자고 상의를 하던 중에 마당에서 집주인 아저씨를 만났다. 반갑게 인사를 하는데, 흘리듯 대답이 돌아왔다.

"이제 트럭은 벽에 좀 붙여 댈게요. 차 댈 데가 없어서요."

순간 동생과 뭘 잘못 들었나 갸우뚱하며 일단 집에 들어왔다. 배경 설명을 하자면 집주인 아저씨는 초대형 트럭을 모는 일을 하는데 매일 저녁 7시부터 다음 날 아침 7시까지 대문 앞에 주차를 한다. 큰 차가 매일 대문 앞을 떡하니 막고 있었지만, 아줌마와의 정면 대결은 피하고 싶었기에 꾹 참던 차였다. 그런데 이사를 나가도 트럭은 계속 여기에 대겠다고?! 나는 두 번째로 앓아눕게 되었다.

능구렁이 같은 아저씨의 한마디에 바로 대답하지 못한 것이 우리의 동의로 간주되었고, 집주인은 이사 갔지만 트럭은 계속 대문 앞에 주차되었다. 다시 주변에 자문을 구했다. 친구들보다 친구들 남편이 더 펄쩍 뛰었다. 이사 갔는데 전 집에 계속 주차하는 양아치가 어디 있냐며, 너희들이 둘 다 여자라 만만하게 본 거라고 했다. 여자라서 만만하게 봤다는 말이 거슬렸지만, 사실이기도 했다. 결국 남자친구한테 SOS를 보냈다. 남자친구와 호랑이 아주머니의 만남이 바로 성사되었다.

"계속 여기 차 대시는 건 아니죠, 아.주.머.니."

아주머니는 이번에도 고성으로 맞받아쳤다. 그런데 남자친구가 몇 마디 하니 놀랍게도 바로 꼬리를 내리는 게 아닌가. 남자친구 등장 5분 만에 집 바로 앞에는 트럭을 대지 않는 것으로 상황이 종료되었다. 여자라서 만만하게 본 게 맞았다. 하지만 남자친구가 떠나자마자 집주인 아저씨와 아주머니는 다시 우리를 찾아왔고, 대문 앞 어디까지 차를 대지 못하는지를 놓고 다시 한번 팽팽하게 맞붙었다. 남자친구가 알려준 대로 어디까지는 안 된다고 못 박고 돌아서는데 뒤통수에 아저씨의 굵직한 욕이 꽂혔다. '이번만 참으면 더 이상 트럭을 안 봐도 된다'는 생각으로 참았다.

그렇게 트럭도, 집주인도 사라졌고(바로 옆집으로 이사 갔다는 것을 얼마 뒤 알게 되었지만), 그토록 바라던 리모델링 공사가 시작되었다. 그리고 나는 세 번째로 앓아눕게 된다.

마당에서 철거하는 모습을 보고 있는데 갑자기 어떤 아저씨가 말을 걸어왔다.

아저씨   여기 사는 사람이에요?

큰정   네, 누구시죠?

아저씨   저 뒤 A아파트 입주자 대표인데요. 여기 좀 와보세요.

A아파트라면 우리 집에서 꽤 멀리 떨어진 아파트인데 무
슨 볼일이 있는지 의아했지만 무슨 말을 하는지 들어보기로
했다. 우리 집 외벽을 허물어서 아파트 주민들이 지나다닐 수
있는 길을 만들라는 게 골자였다. 언덕 위 하얀 집 스타일로
담을 싹 허물고 무릎 높이만 한 펜스를 만들라는 거였다.

> **큰정**   그럼 우리 집 담이 없어서 보안 문제가 생기는데요?
>
> **아저씨**   우리 아파트에도 얼마 전에 도둑이 들었어요. 도둑은
> 담이 있든 없든 마음만 먹으면 다 들어와요. 그건 막
> 을 수 없어요.

이 황당무계한 말을 던지는 A아파트 입주자 대표는 놀랍
게도 진지했다. 그 이후로도 매일 공사 현장에 와서 담을 허
물라고 으름장을 놓았고, 자기 말 대로 하지 않으면 아파트
이름으로 공사 민원을 넣겠다는 협박까지 했다. 이번에는 보
다 못한 동생이 나섰다. 동생과 입주자 대표가 마당에서 맞붙
었고, 그 자리에 리모델링 실장 두 분도 함께했다.

당시 나는 집 안에서 공사 현장 사진을 찍고 있었는데 밖
에서 큰 소리가 들려와 나가보니 상황은 이미 종료되어 있었
다. 정확히 무슨 말이 오갔는지는 모르지만, 옆에서 듣고 있

던 두 실장이 동생에게 말하는 소리가 들렸다.

P실장 동생분이 이기셨네요.

J실장 저도 모르게 공손하게 손을 모으게 되네요. 앞으로
　　　 잘할게요.

　뭔가 진귀한 광경을 놓친 것 같았다. 어찌 되었건 A입주자
대표를 물리친 내 동생, 장하다.

　이렇게 세 차례의 홍역이 지나가고, 우리는 한동안 이웃
사람 트라우마에 시달려야 했다. 보광동 이웃 할머니가 그
리워졌다. 우리 집과 할머니 집은 같은 담을 공유하고 있었
다. 우리가 집에 없으면 쿠팡 아저씨는 할머니 집에 벨을 누
르고 들어가 우리 집 담을 넘어 물건을 배송하는 것이 가능했
다. 하루는 마당에 고추, 상추, 방울토마토를 잔뜩 심어 놓고
해외여행을 간 적이 있다. 2주 만에 돌아왔더니 할머니가 다
급하게 "애들 다 말라죽는데 사람이 안 보여서 내가 담 넘어
물 줄 뻔했어"라고 말씀하셨다. 항상 우리 집 대문 앞까지 청
소해주시고, 이사 가는 데 박스 필요하다고 했더니 매일 아침
박스를 구해다 담 너머로 던져주셨던 시크한 할머니. 할머니

가 우리에게 해주신 것처럼 우리도 따뜻한 이웃이 되고 싶었는데 아무래도 이 동네에서는 어려울 것 같다.

3년 후 현재

뒤에서 욕을 내뱉은 전 주인 아저씨는 그날 이후로 우리 집 앞에 차를 대지 않았고, 전 주인 아주머니는 3년 동안 한두 번 마주친 정도였다. 후에 정화조 위치를 물어보기 위해 전 주인 부부와 통화할 일이 있었는데, 예상외로 아주 친절하게 받아주었다. 놀랍게도 리모델링 공사 중에 가장 많은 불만을 터뜨렸던 옆집 할아버지가 현재 우리의 가장 따뜻한 이웃이다. 역시 사람은 오래 지켜봐야 한다.

미운 이웃이 있으면 좋은 이웃도 있는 법,
서울 도심 한복판에도 정은 아직 살아 있다.

고칠 수도,
놔둘 수도 없어

지하 방, 너의 이름은 '계륵'

우리 집에는 지하가 있다. 원래는 한 공간이었을 것으로 추정되지만 전 주인 할아버지가 더 많은 임대를 받을 목적으로 두 집으로 분리했다. 지하 1은 집 마당을 통해 들어가고, 지하 2는 외부 문을 통해 들어간다. 지하 1과 지하 2 내부에는 샤워실만 있고, 둘 다 마당에 있는 외부 화장실을 이용해야 한다.

전 주인 할아버지는 그 조그만 외부 화장실도 반으로 쪼개 지하 1은 마당에서, 지하 2는 아주 비밀스러운 통로를 따라 화장실을 이용하도록 만들었다. 할아버지가 직접 하신 공사라고 하는데 할아버지가 손재주가 없었다면 얼마나 좋았을까. 아마 700만 원 정도 철거비가 줄었을 것이다. 집은 리모델링을 하면 할수록 더 깊은 수렁으로 빠져드는 것 같았다.

계획과 달리 공사를 하면서 변경된 사항들을 나열해보니 한숨이 나왔다.

- 철거했더니 집이 기울어져 있었고, 벽은 가냘픈 데다 쩍쩍 갈라져 있어 보강공사와 미장 등 대대적인 추가
- 녹물이 나오는 문제 해결을 위해 결국 외부 수도관과 내부 수도관 전부 교체(교체 비용만 990만 원)
- 가스 확인 결과 가스가 세 곳에서 새고 있었다. 그것도 아주 오래전부터. 가스관에 비누거품을 발랐더니 진짜 비누거품이 몽골몽골 일어났다. 가스관에 비누거품 바르면 가스가 새는지 확인할 수 있다는 교과서에나 나올 법한 내용을 우리 집에서 실습하게 될 줄이야
- 그나마 유일하게 건드리지 않기로 했던 보일러도 결국 보일러실이 침수될 수 있어 바닥 공사 진행

골조 빼고 다 바꾼다고 우스갯소리로 말했는데 골조마저 바꾼 꼴이다. 공정 하나를 시작할 때마다 비상회의가 소집되었고, 이는 공사비 증액을 의미했다. 결국 공사비는 애초 생각했던 금액의 두 배를 가뿐히 넘어섰다. 처음에는 현장에 머무르면서 리모델링 과정을 기록으로 남기려고 계획했지만,

공사 중반부터는 은행에 대출을 구하러 다닌 기억뿐이다.

　공사비가 이렇게 많이 늘어난 데에는 지하가 아주 큰 지분을 차지했다. 지하 방은 99가지 정도의 문제가 있었는데 가장 큰 문제는 화장실이 없다는 사실이었다. 임대를 하려면 어떻게든 실내에 화장실을 만들어야 하는데, 지하에 화장실을 만드는 데만 거의 1천만 원이 든다고 했다. 영화〈기생충〉에서 주인공들이 사는 반지하 화장실을 보면 계단 위에 변기가 덩그러니 있는 이상한 구조인데, 공사해보니 그게 극적인 분위기를 위한 과장이 아니었다. 변기를 지상이 아닌 지하에 설치하려면 오수펌프를 설치해야 하고, 냄새가 올라오지 않는 특수한 변기를 사용해야 했다. 이 특수한 변기는 150만 원이었다(!).

　화장실만 설치하고 도배 장판만 새로 하려고도 생각했지만, 수도관이 문제였다. 녹물이 나오는 문제를 해결하기 위해서는 바닥 전체를 파헤쳐 수도관을 전부 교체해야 했다. 1, 2층보다 더 큰돈을 들여 공사를 하느냐, 아예 아무 공사도 하지 않고 지하를 폐쇄하느냐 두 가지 중에서 선택해야 했다. 여기서 폐쇄를 말하는 것은 지하 방 현관이 거의 숟가락을 꽂아 잠그는 수준이라 보안이 심히 염려되었기 때문이다. 그대로 방치한다면 지하에 몰래 누군가 들어와 산다고 해도 이상하지 않을 정도였다.

지하 공사의 1단계는 나뉘어 있는 두 집을 합쳐 한 공간으로 만들고, 2단계는 마당 안에 있는 입구를 폐쇄해 외부 출입구만 쓰도록 하는 것이었다. 그래야 후에 누가 지하에 입주하더라도 편하게 지낼 수 있을 거라 생각했다.

　　지하 두 집을 시원하게 합치고 싶었지만, 그것 역시 순조롭지 않았다. 벽을 너무 많이 쳐내면 집이 무너질 수도 있다고 했다. 그래서 매우 소심하게 쳐낼 수 있는 벽들만 야금야금 철거했다. 그랬더니 세상에 하나밖에 없는 특이한 구조가 나타났다. 아파트처럼 네모반듯한 공간은 아니었지만 구조가 특이해서 좋았다. 게다가 1, 2층은 14.5평인데 지하는 두 집을 합쳤더니 21평이나 되었다. 1, 2층은 공간이 협소해 양문형 냉장고나 큰 세탁기를 놓지 못하고 소형 빌트인만 가능하지만, 지하는 공간 제약이 없었다. 그리고 지하는 보통 곰팡이가 문제인데 우리 집 지하는 곰팡이가 거의 없어 두 실장이 신기해했다.

　　다음 단계는 창문이었다. 기존에 사시던 할머니께서 창문마다 뽁뽁이를 붙여놓아 지하에 거의 빛이 들어오지 않던 상황이었다. 창문에 붙어 있던 뽁뽁이를 모두 걷어내니 세 곳에서 꽤 많은 햇빛이 들어왔다. 프라이버시 염려가 없는 부분은 통창을 만들었고, 공간마다 최대한 창문을 만들어 통풍이 잘

되도록 했다. 울퉁불퉁한 벽은 목공으로 반듯하게 만들었다.

지상보다 지하 공사가 훨씬 더 흥미진진하게 진행되었다. 지하 공간이 예상보다 더 잘 나오고 있다는 생각이 들자 우리는 폭주하는 기관차처럼 지하에 더 많은 돈을 쏟아붓기 시작했다. 벽만 하더라도 합지 < 일반벽지 < 실크벽지 < 페인트칠 순으로 비용이 커지는데 지하는 처음에 합지로 하려고 하다가 결국 2층과 똑같은 페인트칠로 결정했다. 바닥도 애초 장판을 깔겠다는 계획을 뒤집고 피타일로, 조명도 매립등과 티파이브를 설치했다.

결국 우리가 살 곳인 2층과 같은 스펙으로 하다 보니 평수가 더 넓은 지하가 공사비도 배로 들었다. 그렇게 우리는 폐쇄될 뻔한 지하를 겨우 살려냈지만, 그 노력은 머지않아 우리를 배신하게 된다.

어제는 저기서 오늘은 여기서,
지하 공사는 문제가 자꾸 발생하는 화수분 같았다.

예전에는 어둠 속으로 빨려 들어갈 것만 같았던 지하 입구가
햇살을 가득 머금을 수 있는 창문으로 변신했다.

입주민을
구합니다

누구와 살 것인가

원래 2층 이상의 단독주택을 구하려던 것은 노 여사의 빅 픽쳐의 일환으로, 우리가 결혼하면 각자 한 층씩 나눠 살게 하기 위함이었다. 결혼하면 두 가구가 되니 집도 두 곳이 필요한 것이 당연했다. 이런 노 여사의 의견에 우리는 딱히 의문을 품지 않았는데, 의문을 가진 건 친구들이었다.

"그런데 결혼할 남자 쪽에서 집이 있을 수도 있잖아."

그 순간 뒤통수를 한 대 맞은 느낌이었다. 그랬다. 우리는 엄마가 경제활동을 전담한 집에서 자랐다 보니 집을 사고 생활비를 버는 것을 당연히 여자가 해야 하는 것으로 생각했다. 남자가 집을 사서 온다는 것은 틀을 깨는 파격적인 발상이었다.

어쨌거나 2층 이상의 주택은 샀지만, 결국은 둘 다 미혼인 관계로(부동산보다 더 예상하기 어려운 것이 딸들의 인생이었다) 굳이 층을 나눠 살 필요가 없었다. 지하, 1층, 2층 중에서 우리는 프라이버시와 옥상 사용을 위해 2층에 살기로 했다. 그렇게 남은 1층과 지하의 공간 활용 방법을 두고 치열한 고민이 시작되었다.

가장 먼저 떠올린 것은 세를 주는 것이었다. 하지만 생면 부지의 사람에게 세를 주기에는 리모델링에 너무 많은 비용을 쏟아부은 상태였다. 세를 준다는 것은 오롯이 수익성만을 위한 것인데, 월세를 받는다고 해도 리모델링 비용을 회수하는 데 너무 긴 시간이 걸릴 것 같았다. 그리고 수년이 걸려 (겨우) 회수한다 해도 또다시 집을 수리할 일이 생길 것이 자명했다.

이런 이유에서 처음부터 세를 주겠다는 목적으로 리모델링을 진행했다면 1층은 도배 장판만 새로 하는 것으로도 충분했을 것이며(전 집주인이 직전년도에 전세를 주기 위해 올수리를 한 상태였다), 지하는 건드리면 대공사로 이어지니 아예 폐쇄하는 것이 수지타산에 맞았을 것이다. 어차피 지하라는 한계로 리모델링을 한다 해도 세를 많이 받는 것은 불가능했을 것이니 말이다.

뿐만 아니라 층별로 모양새가 달라 공간이 어떻게 변하게 될지 궁금한 상황에서 모르는 사람에게 세를 주면 더 이상 공간들을 볼 수 없다는 점도 아쉬웠다. 기왕 대대적으로 리모델링한 이상, 친한 친구들이 이곳에 들어와 주면 좋겠다는 생각을 하게 되었다. 혼자 사는 친구들에게 '집 예쁘게 꾸며놓을 테니 같이 살자. 같이 살면 재미있을 거야'라며 러브콜을 보냈지만 집을 옮기는 일은 중차대한 일이었고, 같이 살 친구가 쉽사리 구해지지 않아 고민이 될 즈음 동생이 한 가지 제안을 했다.

"언니, 1층에 독서모임을 들어오라고 하면 어때?"

여기서 말하는 독서모임은 N독서모임을 말한다. 동생은 6년째, 나는 5년을 꼬박 다닌 모임이다. 일주일에 한 번씩 고전을 함께 읽고 이야기를 나누는 진짜 책 모임이다. 덕수궁 돌담길 근처에 있던 독서모임에는 우리처럼 몇 년째 다니는 충성 멤버들이 많았지만, 좋은 위치만큼이나 높은 임대료가 주인장에게 부담이었다. 어차피 우리도 일주일에 한 번씩 가는 곳이므로 만약 독서모임이 1층에 들어와 주면 우리에게는 더할 나위 없이 좋았다. 물론 독서모임에게는 파격적인 임대료를 제시할 생각이었다. 동생이 슬쩍 독서모임 주인장에게 제안을 했더니 그날 밤에 바로 문자가 왔다.

마음 감사히 잘 받겠습니다. 그리고 집도 감사히 잘 받겠습니다. 늘 방범순찰도 잘 돌겠습니다. 기대가 되네요. 차차, 어떤 새로운 일들이 벌어질지 – 세입자 드림

그리고 이어서 문자 한 통이 더 왔다.

내일 가서 정 씨로 성을 바꾸고 연락 드리겠습니다. 누님들 제가 잘 모시겠습니다(참고로 우리보다 나이가 많다).

더불어 N독서모임은 저녁에만 운영하므로, 낮에만 운영하는 B심리상담소와 공간을 공유했으면 한다는 의사를 표시해 왔고 우리는 흔쾌히 수락했다(B심리상담소를 운영하는 S도 같은 독서모임 멤버다). 독서모임에서 우리만의 작고 소박한 공동체를 만들면 좋겠다는 이야기를 자주 하곤 했다. 그때는 너무나 요원한 일로 여겨졌는데, 이렇게 갑자기 눈앞에 성큼 다가온

것이다.

이렇게 1층 입주민이 정해지고, 지하가 남았다. 지하는 이선 모습이 기억이 안 날 정도로 '지하계의 프레스티지'로 거듭났지만, 아무리 인테리어를 한다고 하더라도 지하가 지상이 될 수 없다는 것이 문제였다. 지하는 제대로 된 월세를 받는 것이 불가능했다. 와인을 파는 독립서점을 열어볼까, 전문적으로 에어비앤비를 해볼까, 무인 독서실을 만들어볼까, 수익이 된다는 온갖 사업 아이템들을 고민했지만, 우리에겐 사업적 머리가 전혀 없었다. 외가와 친가를 통틀어 집안 전체에 사업을 하는 사람이 한 명도 없다. 사업가 DNA가 조금도 존재하지 않는다는 뜻이다.

지하 입주민을 놓고 고심을 거듭하던 중 측근이 아침마다 햇빛 때문에 잠을 깨는데 동네 소리가 시끄러워서 다시 잠이 들지 못한다며 말을 꺼냈다. 나는 그 기회를 놓치지 않고 우리 집 지하가 '얼마나 조용한지, 햇빛이 들어오지 않는지(?)'를 강조했다. 그가 음악을 좋아하는 것을 알았기 때문에 스피커로 마음껏 음악을 들어도 완벽하게 방음이 된다고도 덧붙였다. 그는 썩 내키지 않아 했지만, 나의 끈질긴 설득 끝에 전세 계약서에 도장을 찍었다.

그렇게 지하 입주민까지 정해졌다. 돌이켜보면 그때 우리는 눈뜨면 불어나는 리모델링 비용 때문에 꽤 골치를 썩고 있었던 상황이었고, 어떤 식으로든 리모델링 비용을 회수해야 한다고도 생각했지만, 되레 수익성을 가장 고려하지 않은 선택을 했다. 그리고 3년이 지난 지금, 그 선택은 최고의 선택이 되었다.

정자매 하우스를
소개합니다

수리 후 대공개

외관을 반투명 폴리카보네이트로 마감한 정자매 하우스는
낮보다 밤이 더 아름답다.

2층 정자매의 공용 공간인 거실은 개방감을 위해 통창을 냈다.
통창으로 보이는 감나무가 2층 인테리어의 핵심이 되었고,
날씨 좋은 날은 조명을 켜지 않아도 될 만큼
햇빛이 잘 드는 집이 되었다.

햇빛이 좋은 날에는 거실 벽에 기대어 통창 밖의 풍경을 보며
멍때리고는 하는데, 이만한 힐링이 없다.

옥상으로 올라가는 오래된 계단이 통창 뷰에 방해물처럼 느껴졌는데,
이제는 이 집을 드나드는 길냥이들을 발견하고
돌봐줄 수 있는 통로가 되었다.

2층 정자매의 방이다.
왼쪽은 큰정, 오른쪽은 작은정이 사용한다(작은정의 방이 훨씬 크다).

큰정의 방은 온수매트가 깔린 퀸사이즈 침대와 벽걸이 TV가 있어
한 번 들어오면 몇 시간 동안 TV를 보거나 낮잠을 자기 때문에
'게으름뱅이의 방'이라 이름 붙였다.

큰정 방

작은정 방

심리상담소와 독서모임으로 활용 중인 1층은
그 특색만큼 흥미로운 인테리어 소품들이 많다.

1층 방과 거실은 요즘 대세라는 일명 '숲뷰'다.
창문을 통해 계절의 변화를 온전히 느낄 수 있다.

빛이 드는 지하

지하에는 빔프로젝터와 편안한 쇼파를 놓아
전용 영화관을 만들었다. 이름은 '라이언 시네마'다.

도배 장판만 했지만, 그럴싸한 화실로 탈바꿈한 옥탑방은
날이 좋을 때면 야외 수업을 한다.

수업을 마칠 때쯤이면 옥탑에서 바라보는
붉게 물들어가는 노을이 참 이쁘다.

여기가

뭐 하는 곳이냐고

물으신다면

오늘의
책은

때로는 독서모임

6년 전, 동생이 처음 독서모임이라는 곳을 간다며 (라면 받침으로나 쓰일 것 같은) 고전 책을 사 왔을 때 나는 도무지 동생을 이해할 수 없었다. 심지어 당시에 살던 집에서 독서모임 장소까지는 지하철로 한 시간 반을 가야 했는데, 동생은 회사원에게 가장 소중한 일요일의 대부분을 독서모임에 할애하는 것이었다. 뭐 하는 곳이길래 저렇게 열심인지 궁금하면서도 딱히 구미가 당기지는 않았다. 몇 번 나가다 말겠지 했는데 동생은 독서모임에 꾸준히 나갔고, 난 그런 동생을 이해하지 못한 채로 1년이 흘렀다.

그때의 나는 서른 초반이었고, '매달 25일 월급이 들어오던' 가장 안정적인 시기에 있었다. '뭘 하고 싶은지' 보다는 '뭘 해야 하는지'에만 관심이 있었고, 배워서 딱히 사용가치가 없을 것 같은 취미생활은 전혀 하지 않았다. 그런 의미에서 독서모임은 가장 '무용'한 것이었다. 그 책을 읽어서 어디에 쓴다는 말인가.

그렇다고 내 인생에 문제가 없었던 건 아니다. 내가 느끼는 '안정감'은 지독한 '권태로움'과 붙어 있었다. 누구보다 반복적인 일상을 힘겨워하는 내게 틀에 박힌 회사생활은 정말이지 '죽을 맛'이었다. 스스로 나는 지금 '종갓집 시집살이'를 하는 며느리며 상사는 '시어머니'라고 나름대로 설정을 붙여 캐릭터로 괴로움을 승화해 보려고도 했다. 물론 승화될 리 만무하고 3일에 한 번꼴로 시어머니의 멱살을 잡고 싶은 충동을 느꼈다. 하루는 상사가 불렀을 때 '네~ 어머님'이라는 마음의 소리가 밖으로 튀어나와 당황한 적도 있다.

몸에 무수히 많은 '참을 인'을 새겨가며 번 돈은 (당시 남자친구도 없었음에도) 결혼자금 명목으로 은행으로 다시 흘러 들어갔고, 20년 만기 연금보험에 매달 적지 않은 돈이 빠져나갔다. 철저히 미래만을 위한 삶이었다. 현재가 미래를 위해 희생되고 있었다.

그런 날들이 쌓이고 쌓이다가 사무실에서 갑자기 헛구역질이 나기 시작했다. 병원에서는 스트레스 때문인 것 같다는 해결될 수 없는 처방만 내려줄 뿐이었다. 평소에 스트레스를 받으면 백화점에서 맛있는 식사와 쇼핑으로 풀곤 했지만, 그때는 이 방식이 더 이상 통하지 않았다. 그래서 변화를 주고자 했다.

평소에 하지 않던 일, 가지 않던 곳을 방문하자!

그렇게 제 발로 (그동안 가장 구미가 당기지 않던) 독서모임을 찾았다. 나는 평생 일탈이라고는 엄마 몰래 H.O.T 콘서트에 다녀온 것이 전부인 모범생이었고, 학창 시절에는 공부만, 졸업하고는 좋은 회사를 가기 위해 노력했다. 그 뒤로는 (스펙 좋은 남자와의) 결혼과 출산, 육아, 여유로운 노후를 위해 전력 질주해야 했다. '빨간 불에 길을 건너지 말라'는 것만큼 의심할 여지가 없는 것들이었다. 그런데 독서모임은 첫 방문부터 이 모든 것들에 대해 의문을 던졌다. '왜'라는 질문은 마치 물처럼 내 안의 균열을 찾아 들어왔다. 어쩌면 이미 내 안에 있었고, 불리길 바라왔던 것처럼 말이다.

《참을 수 없는 존재의 가벼움》은 결혼관을, 《동물농장》과 《달과 6펜스》는 직장관을, 《월든》은 내 경제관에 미세하게 가 있던 균열을 도끼로 찍듯 파고들었고 나는 거기에 완전히 항복했다. 결국 독서모임을 다니고 1년쯤 지났을 때 회사를 그만두었고, 비혼주의를 선언했으며, '좋아하는 일을 하면서 조금 벌고 조금 쓰는' 소박한 삶으로 완전히 돌아섰다.

독서모임에서는 아무도 주식이나 부동산, 연예인 가십거리를 이야기하지 않는다. 오로지 어떻게 현재를 살아야 후회 없이 살 수 있을지에 관해서만 이야기한다. 심지어 술도 마시지 않는다. 독서모임 주인장은 술 대신 직접 내린 따뜻한 드립 커피를 제공한다. 그런데도 몇 시간이고 대화가 이어지고, 끝은 항상 못다 한 이야기에 아쉽고 또 아쉽다.

날이 좋으면 마당에서 독서모임을 하곤 했는데,
정자매 하우스에 밤이 왔음을 알리는 오징어 조명을 달면서
분위기가 더욱더 아늑해졌다.

심리상담사와 함께
살면 생기는 일

때로는 심리상담소

1층에는 S가 운영하는 심리상담소가 있다. S는 이곳에서 심리 상담과 꿈 모임, 시 모임을 진행한다. S와는 같은 독서모임 멤버였으나, 사적인 교류는 거의 없던 사이였다. 함께 살게 된 후에도 몇 달 동안은 오며 가며 인사하는 정도였다.

그러던 어느 날 S가 된장찌개를 많이 끓였다며 2층 벨을 눌렀다. 봄동을 듬뿍 넣은 된장국이었는데, 고향인 완도에서 보내준 집된장으로 끓였다고 했다. 맛도 감동이었지만, 뭔가를 나눠 먹는 그 낯선 행위가 주는 따뜻함이 좋았다. 그 된장국 한 그릇에 S에게 마음을 열었던 것 같다.

S와 더 많은 이야기를 나누게 된 계기는 같이 볼링을 배우게 되면서다. 코로나로 무척 한가해지면서 남아도는 시간에

친구와 볼링 레슨을 받았는데, 친구가 다시 일을 시작하면서 혼자 남겨지게 되었다. 계속 그룹 레슨을 받으려면 같이 할 사람이 필요했지만, 문제는 레슨 시간이 평일 낮이라는 점이었다. 그 시간에 노는 사람은 아무리 둘러봐도 나뿐이었다. 한창 볼링에 재미를 느끼던 터라 그만두고 싶지는 않았다. 같이 할 사람을 찾지 못해 초조해하던 나의 레이더망에 1층의 S가 들어왔다. S의 상담은 대부분 늦은 오후에 시작했다. 등잔 밑이 어둡다 했던가. 그렇게 극적으로 S와 나는 같이 볼링을 치게 된다.

집에서 볼링장까지는 마을버스를 타고 20분 정도가 걸렸고, 그 시간 동안 우리는 2인용 좌석에 나란히 앉아 이런저런 이야기들을 나눴다. 요즘 유행하는 MBTI로 보면 같은 유형이었지만(둘 다 ENFP다), 동생이 이 사실을 듣고 '엥? 둘이 같은 유형이라고?' 반문할 정도로 많은 부분이 달랐다.

볼링에서도 그랬다. 난 볼링을 재미있는 정도까지만 쳤다. 한 게임 치르고, 시원한 커피 한잔 마시고, 또 슬렁슬렁 한 게임 치르고, 수다 한 판 떠는 식이었다. 조금이라도 힘들면 더 치지 않았다. 어차피 심각한 몸치로 태어났고, 볼링으로 뭔가를 도모할 것도 아니니 그 정도면 충분했다. '굳이 그렇게까지 해야 해?'라는 식의 태도가 볼링뿐만 아니라 인생 전반에

흐르고 있는 사람이었다. 태생적으로 못하는 영역에서는 더 많은 '굳이'가 따라붙었다.

S는 달랐다. 볼링을 하다가 막히는 부분이 생기면, 그만두거나 쉬는 것이 아니라 오히려 불타올랐다. 볼링을 치는 자신의 모습을 매번 촬영하고, 어디가 문제인지 분석하고, 그 부분을 집중적으로 고치기 위해 노력했다. S에게도 볼링은 밥벌이가 아니었지만, 그냥 모든 것에 임하는 태도가 그러했다. 볼링이 되었든 인간관계가 되었든 어떤 것도 힘들다고 쉽사리 끊어내지 않고, 하나씩 극복해나갔다. 그것이 나와의 극명한 차이점이다.

당연히 우리의 볼링 격차는 계속해서 벌어졌다. S의 자세는 눈에 띄게 좋아졌고, 나는 같은 기간 몸이 따라주지 않는다는 둥, 몸치라 어쩔 수 없다는 둥 징징대기만 했다. 볼링 점수는 1년째 오르지 않고 제자리였다. 순위나 경쟁에 연연하지 않는다고 입버릇처럼 말해왔는데, 단 두 명이 하는 그룹 레슨에서 너무 우열이 나뉘니 나도 '잘해보고 싶다'라는 열망이 고개를 쳐드는 것이었다.

S처럼 볼링 하는 모습을 촬영하고, 레슨에서 지적받은 사항을 인스타에 기록하기 시작했다. 쉬는 시간도 줄었다. S와 각자의 레인에서 안 되는 부분이 될 때까지 연습하다 보니 자

연스레 그렇게 되었다. 막상 해보니 쉬는 즐거움보다 이리저리해보면서 안 되던 것을 극복해나가는 즐거움이 더 컸다. 볼링 선생님의 "정말 많이 늘었어요"라는 생경한 말도 이따금 듣게 되었다.

항상 주위에 '그 정도면 충분해'라고 위로해주는 사람은 있었지만, '그래도 극복해보자'라고 말해주는 것은 S가 처음이었다. '굳이'라고 생각하고 가지 않았던 길을, S의 말 대로 한 번 가보니 그 너머에는 더 깊은 층위의 즐거움이 있었다. S가 아니었다면 평생 느껴보지 못할 감정이다.

얼마 전 볼링을 치면서, 또 새롭게 막히는 부분이 생겼다. S가 "이것 참 재밌네!"라고 말했다. 나도 그렇다고 생각했다.

날 좋은 봄날에는 1층의 S와 함께 점심 자전거 데이트도 한다.
탄수화물 대신 섭취하는 광합성도 충분히 배부르다.

1인숍을
열다

때로는 메이크업 클래스

집에서 1인 메이크업숍을 열고 싶다는 생각은 꽤 오래되었다. 주말에 웨딩홀에서 메이크업을 하고 있는데, 웨딩홀 메이크업은 인원이 많다 보니 '퀄리티'도 중요하지만 '속도'가 훨씬 중요하다. 아침 6시까지 출근해서 30분에 한 명씩 메이크업을 하는데 중간에 물 한잔 마시기도, 화장실 한 번 가기도 쉽지 않다. 마트의 밀린 계산대처럼 이번 손님이 끝나기 무섭게 다음 손님이 메이크업 의자에 앉는다.

일을 하러 갈 때마다 캐리어에 한가득 화장품을 챙겨가지만, 시간에 쫓겨 새로 나온 아이섀도나 립스틱을 시도해 볼 여력이 없다. 섣불리 새로운 화장품을 썼다가 수정이라도 하게 되면 낭패이기 때문이다. 결국 여러 번 사용해보고 확실히 검증된 색상만 집중적으로 쓰게 된다. 이럴 바에야 화장품을 무겁게 전부 들고 오지 말고, 잘 쓰는 녀석들만 가지고 오자는 생각이 들어 조촐하게 간 날도 있다. 그런데 (예상했겠지만) 그런 날은 꼭 챙겨 오지 않은 화장품이 필요해진다.

안 그래도 바쁜 와중에 까다로운 손님이라도 만나게 되면 내 메이크업 자리는 폭설 맞은 퇴근길처럼 기약 없이 정체된다. 양쪽 눈썹 대칭이 안 맞는다는 손님의 말에 1밀리씩 눈썹을 그렸다 지우기를 반복하다 보면 시간은 어느새 절반이 훌쩍 지나 있다. 대기실은 메이크업을 기다리는 손님들로 가득했고, 초조함에 등줄기에서는 식은땀이 흐른다. 우아한 클래식 음악이 흐르는 여유로운 메이크업실인데 나만 다른 장르를 찍고 있는 것만 같다.

주로 점심 즈음 마지막 손님의 메이크업이 끝난다. 시작할 때 잘 정돈되어 있던 화장대는 폭탄이라도 맞은 것처럼 뭐하나 제자리에 있는 것이 없다. 고개를 들어 거울을 보니 허리가 꼽등이처럼 굽어 있다. 피곤함에 절어 떨리는 손으로 화장품을 주섬주섬 캐리어에 담아 퇴근한다.

이런 주말이 반복되면 '하루에 한두 명만 메이크업을 해주면 얼마나 좋을까. 그럼 재밌게 일할 수 있을 텐데'라는 생각이 간절해진다. 물론 이 생각은 5년 전에도 했었고, 그래서 그때 야심 차게 손님용 화장대와 조명거울까지 구매했지만, 친구들 몇 명에게 무료로 메이크업을 해주고 흐지부지되었다.

　3년 전 이곳으로 이사를 한 후로는 그마저도 공간이 없어 화장대와 조명거울은 창고 어딘가에 처박혀 먼지만 쌓이고 있었다. 우리가 사는 2층은 화장대를 둘 공간이 없고, 옥탑방은 올라가는 계단이 위험하고 가팔랐다. 그렇다고 덜컥 정식 메이크업숍을 차리기에는 기본적인 고정비용이 감당이 되지 않았다. 1인 메이크업숍을 차리겠다는 생각은 그렇게 또 어영부영 되었다.

　웨딩홀 메이크업은 시간이 흘러도 적응되는 것은 아니었다. 금요일 밤만 되면 다음 날 출근 생각에 예민해졌고, 그날 메이크업해준 사람의 얼굴을 기억 못 할 정도로 많은 사람들을 메이크업했으며, 퇴근해서 집에 오면 허리가 아파 앓아눕는 생활의 반복이었다.

　그러다 코로나가 터졌다. 결혼식이 줄줄이 취소되면서 당연히 메이크업도 취소되었다. 막상 스케줄이 사라지고 나니 주말에 몸은 편해졌지만, 마음은 불편했다(나의 간사함이란). 언제 또 결혼식이 재개될지는 아무도 몰랐기에 모아둔 돈을 야금야금 쓰면서 버틸 수밖에 없었다. 무심한 두세 달이 흐르고 결국 동생한테 긴급 재난지원금 200만 원을 빌리는 처지에 이르자 이제는 정말 뭐라도 시작해야 한다는 위기감이 몰아쳤다. 1인 메이크업숍을 열어야겠다는 생각이 다시 비집고 올라왔다.

첫 시작은 코로나 덕분에(?)

화장대와 조명거울을 상시 놓을 수 있는 공간이 필요했지만, 우리가 사는 2층에는 도저히 공간이 없었다. 대신 지하는 2층보다 훨씬 평수가 넓고 안 쓰는 방이 있었기에 지하 총각이 남는 방을 메이크업 작업실로 잠시 쓰는 것을 허락해주었다(어차피 손님은 거의 없을 것이라고 생각한 듯하다). 창고에 오랫동안 처박혀 있던 테이블과 조명거울을 꺼내 세팅했더니 제법 분위기가 났다.

메이크업할 장소를 마련했으니 다음은 홍보였다. 사람들에게 보여줄 수 있는 메이크업 작업 사진이 필요했다. 고맙게도 친한 친구들이 메이크업 모델이 되어주었다. 그렇게 작업 사진들을 모으고, 밤새워 경력 사항을 정리했다(이게 가장 귀찮았다).

마지막으로 중고거래 플랫폼 당근(마켓)의 동네 홍보란에 메이크업 작업실 소개 글을 올렸다. 메이크업 전후 사진을 대문에 걸고 '메이크업 작업실 오픈 50퍼센트 할인 이벤트'라는 솔깃한 제목도 적었다. 어설프기 짝이 없는 시작이었지만 최근 몇 년간 느껴보지 못한 뿌듯함이 들었다. 그날 밤, 꿈속에서 메이크업 작업실은 성황을 이루었다.

애석하게도 꿈은 그저 꿈일 뿐이었다. 밤새 머리를 쥐어짜며 작성한 경력 사항과 자신의 맨얼굴 공개를 허락한 절친들 덕분에 만든 메이크업 전후 사진, 그리고 아주아주 저렴한 가격까지. 당근에서의 메이크업 작업실 홍보는 나름 완벽했다고 생각했다(실제 퀄리티보다도 했다는 것 자체에 후한 점수를 주는 스타일이다). 하지만 생각보다 사람들의 반응은 시큰둥했다. 당근 앱에서는 홍보 글에 '좋아요'로 관심을 표시할 수 있고, 예약하고 싶을 경우 바로 채팅을 요청할 수 있는데 내가 작성한 글에는 고작 몇 개의 '좋아요'만 있을 뿐이었다(그 몇 개도 동생을 포함한 친구들이 눌러준 것이다).

일주일 정도 지났을까. 몇 건의 메이크업 문의가 들어왔다.

당근   메이크업 문의드립니다.

큰정   네, 원하시는 날짜가 있으실까요?^^

       (최대한 친절하게 보이기 위해 웃음 이모티콘을 붙였다.)

당근   ⋯⋯ (응답 없음)

당근에는 이런 사람들이 종종 있다. 먼저 물어놓고, 무응답인 사람들. 무심코 던진 돌에 개구리는 맞아 죽는다더니 이제 막 메이크업 작업실을 오픈한 소심한 나에게 이런 사람들이 주는 충격파는 생각보다 컸다. 이런 사람들을 연속으로 몇 명 만나자 내 채팅 말투가 문제인 건가, 내가 대화를 불편하게 이끄는 건가, 온갖 생각이 드는 것이었다. 나중에서야 알게 된 사실이지만 뭔가를 홍보하는 글에 이런 사람들은 꽤 많고, 갑자기 관심이 생겨 문의한 후 그냥 갑자기 변심한 경우일 뿐이며 나의 문제와는 전혀 무관한 것이었다.

그러다 2주 만에 첫 예약이 들어왔다. 한 번의 메이크업으로 손에 쥔 것은 꼬깃꼬깃한 5만 원권 한 장이었지만, 내 머릿속에는 이미 500만 원을 벌고 있었다(매우 쉽게 희망에 부푸는 스타일이다). 하지만 첫 손님이 방문하고 얼마 지나지 않아 폭우가 내렸고, 지하에 차린 메이크업 작업실은 찰랑거릴 정도로 물이 찼다. 그렇게 메이크업 작업실은 단 한 명의 손님을 끝으로 그대로 중단되고 말았다.

두 번째 시도: 포기하지마

유난히 길었던 장마는 끝났지만, 한 번 침수된 지하는 만신창

이였다. 물을 먹은 장판은 여기저기 들뜨고, 벽 일부에 곰팡이가 올라오기 시작했다. 지하를 쓸 수 없으니 아쉬운 대로 조명거울만 들고 2층으로 올라가 거실 테이블을 임시 메이크업 화장대로 만들었다. 거실 테이블은 동생이 재택근무를 하는 장소이기도 해서 손님이 올 때마다 화장품들을 펼쳐놓고, 다시 거둬들이기를 반복해야 했다. 그래도 일주일에 한 명 정도 손님이 드문드문 찾아왔다.

남이 운영하는 메이크업숍에서는 한 명을 메이크업하는 데 공들여도 40분이었는데, 내 손님이 되고 보니 한 시간도 부족했다. 손목에 모래주머니를 매달고 메이크업을 하는 것 같은 막중한 부담감과 황홀한 만족감이 공존했다. '메이크업 너무 마음에 들어요, 또 올게요'라는 후기를 처음 받은 날에는 그 화면을 캡처해서 하루에 몇 번이고 읽기도 했다. 물론 그와 동시에 단 몇 마디의 대화만으로도 진상을 알아보는 육감도 키워지고 있었다.

세 번째 도전: 친구야 고마워

메이크업을 진행하는 일반 의자가 너무 낮아서 허리가 아프던 참에 당근에서 우연히 메이크업 전용의자를 발견했다. 중

고임에도 40만 원이 넘는 비싼 가격도 문제였지만, 그 육중한 크기가 더 문제였다. 동생에게 슬쩍 의자 사진을 보여주자, 1초 만에 '이 집에 저런 (못생긴) 물건은 절대 놓을 수 없다'는 대답이 돌아왔다. 고민하다 다시 한번 지하에 메이크업 작업실을 꾸며 보기로 했다. 지하 전체에 핀 곰팡이를 박멸하고 벽에 페인트를 칠했다. 기존에 있던 조명거울에 메이크업 전용 의자까지 놓으니 이제야 제대로 된 메이크업실 분위기가 났다.

사실 지금까지의 상황으로 미루어 보아 메이크업 의자 비용이라도 벌 수 있을지 의문이었지만, 그래도 한 번 (속는 셈 치고) 투자해보기로 했다. 새벽까지 화장대에 수많은 화장품들을 보기 좋게 세팅하고, 여러 각도에서 사진을 찍어 당근과 인스타에 다시 올렸다. 그랬더니 쇼호스트가 된 친구에게서 메이크업을 받아보고 싶다는 연락이 왔다. 메이크업 전후 사진을 홍보용으로 공개해도 될지 조심스럽게 묻자 정말 고맙게도 흔쾌히 허락해주었다.

친구는 메이크업실 홍보를 위해 (엄청나게) 초췌하면서 슬픈 표정의 메이크업 전 사진과 자신감 넘치고 화려한 메이크업 후 사진을 남겨주었다. 동생이 친구의 메이크업 전후 사진을 보고 '정말 공개를 허락한 것이 맞냐'고 재차 물었을 정도니 어느 정도인지 대충 짐작이 가리라 생각한다. 동생은 '친구가 진정한 대인배'라고 덧붙였다. 친구의 메이크업 전후 사진을 대표 사진으로 당근에 올리자 '좋아요' 수가 급증하기 시작했다. 덩달아 예약건수도 늘어났다. 하지만 여전히 주말에는 메이크업숍에서 허리가 꼽등이가 될 때까지 일해야 했다.

인스타에 꾸준히 메이크업 작업 사진을 올리고, 태그를 걸었더니 어느 날 낯선 사람으로부터 메시지가 왔다. 프로필 사진 스튜디오를 오픈했는데 근처에서 손님들이 사진찍기 전에 헤어와 메이크업을 받을 수 있는 곳을 찾고 있다고 했다. 가까이 있는 메이크업 작업실은 여기밖에 없다며 제휴를 맺을 의향이 있는지 물어왔다.

당연히 OK지.

스튜디오는 생각보다 훨씬 더 유명한 곳이었다. 원래 일주일에 몇 건 예약을 받는 것이 전부였는데, 스튜디오와 제휴를 맺은 직후부터 하루에 몇 건씩 예약이 들어와 즐거운 비명을 지르고 있다. 자연스럽게 주말 메이크업숍으로부터도 해방되었다(무야호~).

집에서의 경험을 바탕으로 얼마 전 논현동에 정식으로 메이크업숍을 오픈했다. 이번에는 퍼스널컬러 진단을 전문으로 하는 사촌 동생과 함께다. 집에서 몇 차례 사촌 동생과 콜라보해서 '퍼스널컬러 진단＋퍼스널컬러 맞춤 메이크업 클래스'를 운영해보았기에 가능했다. 집에 메이크업 작업실을 만든다며 조명거울을 샀던 날을 기억한다. 메이크업을 시작한 것이 2016년이었으니 벌써 7년 전 일이다. 조명거울은 처음 3년은 나와 동생을 위해서 쓰였고, 그 후 1년은 창고에 처박혀 있었으며, 아주 짧게 지하에 있었다가, 2층에도 잠깐 머물렀다. 그렇게 지난 7년간 자리를 찾지 못해 떠돌다 지금에서야 제자리를 찾게 되었다. 긴 시간이 걸렸지만, 돌아보면 모두 필요한 시간이었다. 포기하지 않아서 참 다행이다.

물에 잠긴 지하를 대신해 2층 거실에 조명거울을 놓고,
거실 테이블을 화장대로 사용해 임시 메이크업실을 만들었다.

코로나로 나는
동생이 되었다

때로는 사무실: 큰정 시점

우리 집에는 한 명의 프리랜서와 한 명의 회사원이 살고 있다. 전자는 나이고, 후자는 동생이다. 이번에는 코로나가 바꿔놓은 이 집의 역학 구도에 대한 이야기다.

보통의 경우, 나는 일이 있을 때를 제외하고 알람을 맞추고 자지 않는다. 동생이 아침부터 부산스럽게 출근할 때쯤 어슬렁어슬렁 일어난다. 침대에 널브러진 상태로 다급하게 출근하는 동생에게 "쳇바퀴 도는 다람쥐 같군"이라고 한마디 던지면, 동생은 깊은 한숨으로 화火답한다.

나는 주중에는 중국어 통역을 하고, 주말에는 웨딩홀에서 메이크업을 한다. 혹자는 투잡을 뛰면 돈도 두 배로 벌 것이라 생각하지만, 실상은 통역이 뜸해지면 메이크업이 들어오고, 메이크업이 줄어들면 통역이 들어오는 상호 보완적인 관계에 가깝다.

상호 보완적인 프리랜서의 생활은 점차 안정기에 접어들었다. 물론 크나큰 불안 속의 아주 작은 안정이긴 하지만 말이다. 통역 일은 단골 클라이언트들이 생기기 시작했고, 메이크업은 (몇 안 되는) '좋은 사람들이 있는' 웨딩홀에서 일하게 되었다. 수입은 많지 않았지만 (사실은 적었지만) 만족감은 확실했다. 스트레스 없이 일하고, 여유로운 정도는 아니지만 소소하게 사고 싶은 건 살 수 있을 정도의 삶이 나에게는 정답이라고 여겼다.

그러다 코로나가 터졌다. 중국 우한에서 엄청나게 많은 확진자가 쏟아져 나오면서 2월에 잡혀 있던 굵직한 중국 통역들이 줄줄이 무기한 연기되었다. 그리고 3월, 우리나라에 불똥이 옮겨붙으며 결혼식이 취소되기 시작하더니 4월까지 모든 결혼식이 취소되어 버렸다. 내 밥줄이었던 통역과 메이크업이 모두 그렇게 한순간에 허망하게 끊겨버렸다. 같은 기간 동생은 3월부터 재택근무를 시작했다. 코로나 백수와 재택근무자의 '온종일 동거'가 시작된 것이다.

처음 동거가 시작되자 나는 길 잃은 사람처럼 요일 감각을 완전히 상실했다. 프리랜서에게는 요일이 크게 의미가 없어 나에게는 동생의 출근 여부가 요일이었기 때문이다. 동생이 출근하면 평일이고, 출근하지 않으면 주말인 식이었다. 그런데 평일 낮에도 동생은 집에 있었고, 나는 꽤 오랜 시간 요일을 잃어버린 채 방황해야 했다.

옛 시대 남편들처럼 집에서는 잠만 자던 동생이 거실에 똬리를 틀면서 집의 풍경도 완전히 달라졌다. 나는 대부분의 시간을 내 방 침대에서 지내기 때문에 거실 테이블을 사용할 일이 거의 없었다. 그런데 이제는 일어나면 거실에서 뭔가 '집중하기 좋은 음악' 같은 것이 흘러나오고, (나는 몇 번 사용하다가 구석에 박아 둔) 핸드 드리퍼에서 커피가 내려지고 있으며, 타닥타닥 키보드 치는 소리가 들린다. 거실 바닥은 뽀송뽀송해졌고, 화분의 식물들은 싱싱해졌다. 현관에는 그동안 다짐만 하던 텃밭도 생겼다. 양재 꽃시장에서 케일, 로메인, 로즈메리, 바질, 라벤더를 사 와 그동안 방치했던 빈 화분에 나란히 심어주었다. 남은 대파도 뿌리째 심었더니 엄청난 속도로 자라고 있다.

음식은 또 어떤가. 혼자 있을 때는 귀차니즘에 전자레인지를 이용한 간단하고 쉬운 자취 요리만 해 먹다가 손재주 좋은 동생이 있으니 점심만 되면 어느 브런치 레스토랑 부럽지 않은 양질의 식사가 제공되었다.

물론 단점도 있었다. 동생의 업무는 점점 더 바빠졌고, 종일 화상회의가 이어졌다. 화장실이나 부엌에 갈 때면 조심조심 움직여야 했다. 아이러니한 것은 원래 나는 대부분 방에서 뒹구는데 막상 편하게 거실로 나가지 못하니 나가고 싶은 욕구가 솟구쳤다.

나는 평소에는 평일 고정 스케줄을 만들지 않는다. 통역일이 언제 갑자기 들어올지 모르기 때문이다. 하지만 한동안 코로나로 일이 없을 것이 자명한 상황이었기에 처음으로 꽉찬 스케줄을 만들었다. 월수금은 중국어 학원, 화목은 볼링레슨, 토는 이탈리아 요리 수업, 일은 독서모임에 참여했다. 내 인생 전례 없는 '바쁜 나날'이었다.

하지만(도대체 인생에 몇 번의 '하지만'이 나타나는 것일까) 이 바쁜 나날은 오래가지 못했다. 수입이 두 달째 거의 없는 상황에서 각종 취미생활비 지출을 버텨낼 여력이 없었기 때문이다. 우선 중국어 학원과 독서모임을 중단했다. 나의 매우 중요한 취미인 '올리브영에서 화장품 지르기'도 중지되었다(이 대목에서 눈물을 삼켰다).

어느 날 집에 갔더니 냉장고가 코스트코에서 사 온 물 건

너온 식자재들로 가득 차 있었다. 먹고 쓰는 것들은 함께 생활비로 충당하기 때문에 동생에게 "얼마 들었어?"라고 (조심스럽게) 물어봤다.

"됐어~ 이번에는 내가 그냥 쏠게. 언니 요즘 돈 없으니까."

동생이 쿨하게 대답했다. 나는 그 순간 생각했다. 이제부터 '니가 내 언니다.' 코로나는 우리의 일상을 참 많이 변화시켰지만, 그중에서도 우리의 관계 설정을 바꿔놓았다. (돈 많은) 동생이 언니, 나는 동생. 다시 나는 언니가 될 수 있을까.

지독한 수준의 보릿고개는 석 달 정도 지속되었다. 그래도 덕분에(?) 운동이라고는 전-혀 하지 않던 내가 볼링이라는 새로운 취미를 가지게 되었고, 나름 번듯한 메이크업 작업실을 차리게 되었다. 인생사 새옹지마라더니 세상일은 나쁜 것만 있는 것은 아닌가 보다. 나의 재정 역시 원래 수준으로 회복되었다.

코로나로 재택근무를 시작하자 거실 풍경이 바뀌었다.
동생은 이곳에 앉아 일하는 망부석이 되었고,
나는 방에서 나오고 싶은 욕구를 참아내야 했다.

재택근무로 알게 된
불편한 진실

때로는 사무실: 작은정 시점

이 집에는 요일을 모르고 사는 사람이 셋이 있다. 월요병과 불금의 개념이 없고, 주말이란 것이 무슨 의미인지도 모르는 사람들. 나의 출근을 통해 오늘이 주중이라는 것을 가늠하고, 행여나 휴가라도 쓰는 날에는 주말인지 혼동하는 사람들. 나는 그런 사람들과 사는 평범한 회사원이다.

사실 그들의 '삶'에 대해 그다지 잘 알지 못했다. 제일 먼저 일어나 출근을 했고 저녁 8시가 넘어 퇴근하고 돌아오면 그들도 낮 동안 지쳤었는지 어슴푸레 거실 불을 켜놓고 '나처럼' 쉬고 있었기 때문이다. 그래서 그들도 나와 비슷한 하루를 살아내고 있는 고단한 프리랜서라고 생각했다.

하지만 착각이었다. 그들은 거의 일하지 않고 대부분 논다. 밤이 되어서야 쉬는 것이 아니라 낮부터 계속 쉬고 있었던 것이다. 코로나로 1년이 넘도록 재택근무를 하지 않았다면 절대 몰랐을 그들의 삶은 착실한 회사원의 동공을 흔들었다. 나는 그로 인해 몰랐던 이 집의 '낮의 풍경'을 보게 되었다.

처음에는 갑작스러운 재택근무에 최적화된 출퇴근 라이프 패턴을 어떻게 바꿔야 할지 혼란스러웠다. 아침형 인간인 나는 재택근무 전과 마찬가지로 아침 7시에 기상하고는 했다. 출퇴근 시 이동이 없고 외출 준비를 안 해도 되는 것 외에 크게 다를 것도 없었다. (언니와 달리) 아침에 에너지가 솟는 사람이라 청소, 빨래 등 온갖 집안일을 하고, 거실 테이블까지 깔끔하게 정리를 마친 후 비로소 업무에 집중할 수 있는 상쾌한 분위기가 조성되면 커피를 내리고 의자에 앉아 노트북을 열었다. 일하고 싶은 마음과 청소 시간은 반비례의 관계에 있다.

어느 날이었다. 타닥타닥 오전 업무를 시작하고 얼마쯤 지났을까. 11시쯤 되니 마당에서 음악이 들렸다.

응? 무슨 소리지?

당장 문을 열고 마당에서 무엇을 하는지 확인하고 싶었지만, 행색이 초라하여 타인을 맞을 수 없었기에 궁금함을 참고 업무를 이어 나가다 택배가 도착했다는 문자를 받았다. 회사원의 가장 큰 기쁨은 택배를 맞이하는 것인데 재택근무라고 다르지 않았다. 마당의 궁금함은 참을 수 있어도 택배 언박싱은 미룰 수 없었기에 조용히 현관으로 내려갔다.

끼익…

나의 모습만큼 수줍은 현관의 마찰음을 뒤로하고 쏜살같이 현관 앞의 택배만 가로챌 계획이었으나 1층의 S와 H는 정확히 내 시선과 일직선상에서 햇살을 즐기고 있었다.

"어머, 지원 씨. 굿모닝! 오늘도 재택근무죠? 우리 커피 내렸는데 같이 한잔해요~"

물결이 매우 어울리는 톤이었다. 뭐랄까. 쭈뼛거리며 상체만 현관 밖으로 겨우 내놓은 상태에서 본 그들의 모습은 마치 따뜻한 햇볕이 내리쬐는 캘리포니아에 있는 것만 같았다. 야외 테이블 위에 브런치를 올려 두고 방금 내린 커피를 마시며 캠핑 의자에 최대한 기대앉아 책을 들고 있었다.

"아… 저는 곧 회의가 있어서요. 이따가 끝나고 짬이 나면 합류할게요."

그렇게 급하게 택배만 수거해서 다시 2층으로 올라왔는데, 순간 노트북이 올려져 있는 거실의 풍경이 답답하게 느껴졌다. 이 좋은 날씨에 밖에 나가서 남이 내려준 커피를 마시며 그들과 함께 노닥이고 싶었다. 그게 아니라면 적어도 저 방에서 아직도 자고 있는 언니처럼 자고 싶기도 했다. 이 시간 가장 바쁜 사람은 이 집에 오직 나 한 명뿐이었다.

12시가 다가오자 그들은 마당에서 철수했고, 나는 점심 준비를 했다. 밥을 준비하고, 먹고, 치우는 것까지 하려니 점심시간 한 시간이 부족했다. 분주하게 달그락거리며 점심을 만들고 있으니 그 소리에 언니가 기상했다. 그녀는 눈곱도 안 뗀 상태에서 내가 차린 점심밥에 숟가락만 올리며 늦은 아침을 해결했다. 휴… 언니만 아니면.

12시 30분이 넘어가자 언니는 부스럭대며 나갈 채비를 하더니 S와 함께 볼링 수업을 다녀온다고 했다. 그렇게 그들은 슬렁슬렁 볼링장으로 향했다. 나는 그사이 빠르게 점심의 흔

적을 치우고 다시 업무에 돌입했고, 한창 일에 박차를 가하고 있을 4시 30분쯤 그들이 귀가했다. 오늘 자세는 어땠고 선생님은 뭐라고 했으며 점수는 몇 점이 나왔다는 등의 이야기를 한참 하더니 이른 저녁인지 간식인지 알 수 없는 끼니를 먹고 낮잠을 자는 것 아닌가. 나는 여전히 일을 하고 있었고, 그렇게 시간이 지나 어둑어둑한 7시가 다 되어서야 한숨으로 노트북을 닫고 의자에 눕듯이 기대앉아 있을 때 언니는 일어나며 말했다.

"저녁 뭐 먹을 거야?"

어떤 특별한 하루의 풍경이 아니다. 재택근무하는 내내 관찰한 그들의 생활 패턴은 위와 다르지 않았다. 그들은 아무리 인기 많은 영화라도 늘 텅 빈 영화관의 센터 자리에서 관람하고, 기본으로 30분 이상 기다려야 먹는 맛집도 프리패스다. 물론 맛집을 눈에 불을 켜고 찾아다니지도 않는다. 어쩌다 하루 휴가를 보내는 회사원에게 이 하루를 어떻게 후회 없이 알차게 보내느냐는 굉장히 중요하지만, 그들은 항상 적당히 잘 놀기 때문에 어떤 대단한 이벤트를 찾아다니지 않는다. 그저 그들은 아름다운 여의도의 벚꽃도 사람 적은 낮에 여유롭게 구경하고, 비 오는 날은 집에서 쉬고 날씨 좋을 때는 슬렁슬렁 근처 카페로 외출했다. 회사원에게는 휴가를 써야만 누릴 수 있는 평일의 하루가 그들에게는 일상이었다. 회사원에게 '노는 삶'이란 인생의 최종 목적지 같은 것인데 이미 그들은 목적지에서 콧노래를 부르고 있었다. 물론 탈회사, 탈회사원의 삶에 대해서는 많이도 '들어왔지만' 같이 살면서 '직접 보는 것'의 충격은 사뭇 달랐다.

그들에게도 불안은 있다. 회사원들이 불안한 미래를 대비하기 위해 현재의 즐거움을 반납하는 것처럼 그들도 미래를 걱정한다. 회사원의 꿈은 프리랜서이고 프리랜서의 꿈은 정기적인 수입이라는 언니의 말처럼 매달 정해진 날 일정한 수입이 들어오는 나와는 달리 다음 달에는 0원을 벌 수도 있다는 것이 그들의 가장 큰 불안함이다. 사람과 만나는 것이 직업인 그들에게 코로나는 그 걱정을 더한 현실로 보여줬고 수입이 거의 없는 상태에서 국가의 재난지원금을 받아 보릿고개를 겨우 넘기기도 했다.

그럼에도 불구하고 그들은 오늘의 볼링을 미루지 않았고 햇살 좋은 날 마당에서 커피 한잔 마시는 여유를 포기하지 않았다. 놀아도 살 수 있다는 것, 게다가 꽤 괜찮다는 것을 매일 직접 보여주었다. 오늘까지의 스코어만 보더라도 그들은 나보다 훨씬 일상을 잘살고 있고 그 진실은 나에게 불편하기도 하지만 동시에 묘한 설렘을 주기도 했다.

어찌 되었든 이 집에 나와 다른 사람들과 가까이 살면서 내가 놓치고 있었던 일상의 따뜻함과 즐거움을 아는 삶으로 조금 더 가까워졌다. 물론 쫄보에 안전주의자인 나는 오늘도 그저 회사 사이트에서 예상 퇴직금을 조회해보고 다시 일을 하고 있지만 말이다.

저 퇴근해도 될까요?

조식
포함입니다

때로는 게스트하우스

친구   너희 집에서 놀다가 진짜 자고 가도 돼?

정자매   응!

친구   정말 괜찮아?

정자매   응! 정말로! 잠옷 들고 와. 내 잠옷 입어도 되고! 내
            일 아침으로 뭐 먹을까?

우리 집에는 꽤 많은 친구들이 먹고 마시고 '자고' 간다. 익
숙해진 친구들은 별 저항감 없이 자고 가지만, (정자매의 삶의
행태를 잘 모르는) 처음 1박을 하는 친구들에게 늦게까지 놀다
가 자고 가라고 말하면 꽤 놀라며 재차 물어본다. 정말 정말
괜찮은지 몇 번이고 물어보면, 우리는 정말 정말 괜찮다고 몇
번이고 답을 하고 나서야 친구들은 주섬주섬 짐을 풀었다. 그

렇게 물어볼 때마다 나도 가끔 생각해본다.

왜 아무렇지 않지?

어린 시절의 나에게 집이란 오로지 우리 가족만을 위한 공간이었다. 엄마는 저녁이 되어 퇴근하셨기에 친구들을 집으로 초대하는 일이 드물었고, 무엇보다 친구 집에서 늦게까지 놀거나 자고 오는 것을 엄격하게 금지했다. 그래서인지 친구와 밤새 침대에 누워 깔깔대면서 놀다가 함께 잠자리에 드는 것은 일종의 내 로망이었다.

엄마가 유일하게 1박을 허용하는 곳이 있었는데, 바로 큰 외가였다. 사촌들이 또래였기에 우리는 친구처럼 지냈고, 명절에 다 같이 모인 후 저녁이 되어 슬슬 집으로 돌아가려는 분위기가 감지되면 나와 사촌들은 짠 듯이 방에 들어가 불을 끄고 침대에 누워 자는 척을 했다. 그때의 연기란 얼마나 어설펐을까 생각하면 얼굴이 화끈거리지만, 부모님은 자는 척하는 나를 남겨 두고 못 이기는 척 집으로 가셨다. 그러면 우리는 성공했다고 이불 속에서 킥킥대며 밤늦도록 놀다가 곯아떨어졌다.

엄마가 일을 하셨기 때문에 유치원에 입학하기 전까지는

친할머니가 나를 돌봐주셨는데, 친구들이 놀러 온다고 하니 서둘러 밖에 있던 초코파이 상자를 찬장 깊숙한 곳에 숨기셨던 기억이 난다. 할머니는 손님을 대하는 것이 조금 박하신 분이었고, 손님이 온다고 하면 귀하다 생각하는 것들을 숨기고는 하셨다. 그렇게 어린 시절 나에게 집에 친구가 놀러 온다는 것은 눈치 보이고 불편함을 감수해야 하는 일이었다.

대학 시절 교환 학생으로 잠시 미국에 간 적이 있다. 그곳 사람들은 편하게 친구들을 집으로 초대하고 차고Garage를 활용해 플리마켓이나 동호회 모임 같은 다양한 활동을 했다. 이를 경험하면서 집이란 나와 가족이 안전하게 지내는 안식처의 기능을 넘어 확장 가능성이 있는 더 넓은 개념의 공간이며 의지에 따라 더욱 풍성하게 활용할 수 있겠다는 생각이 들었다. 집이 최종의 목적이 아니라 수단으로 그 지위를 낮춤으로써 즐거운 삶을 위해 다양하게 변할 수 있는 가능성을 봤다.

이를 계기로 나는 나와 나의 재주 많은 친구들이 새로운 것을 시도할 수 있는 일종의 작업실이면서 주거도 가능한 공간을 꿈꾸게 되었고, 몇 번의 기대와 절망을 오가다 이를 실현할 작은 단독주택을 찾게 되었다. 그 후 많은 친구들이 나의 공간에 다녀갔고 그러면서 자연스레 에어비앤비 운영에 관심이 생겼다. 매년 휴가를 몰아 1~2주씩 여행을 가다 보니 빈집을 어떻게 활용하면 좋을까 고민이 되었고, 그 아이디어 중 하나는 여행 기간 에어비앤비에 집을 올리고 그 수익으로 여행 경비를 마련하는 것이었다. 에어비앤비에서 한시적으로 호스트 등록 후 첫 예약 개시를 하면 수십만 원에 해당하는 크레딧을 주는 이벤트가 있어 빠르게 숙박 등록을 완료했다. 평소에 에어비앤비를 자주 이용하다 보니 방을 찾는 사람들에게 가장 중요한 사진과 제목을 고심했고 우리는 아래 이름으로 정했다.

코지 앤 콰이어트 하우스 클로즈 투 센트럴

Cozy and Quiet House Close to Central

숙박업이 처음인 우리에게 첫 게스트부터 전혀 모르는 외국인을 받는 것은 여러모로 모험이었다. 그러다 아주 적절한 시점에 당시 싱가포르에서 일하는 친구 J가 한국에 긴 휴가를 오게 되었다. J는 첫 회사의 선배였다가 두 번째 회사의 동료였고, 지금은 해외로 취업해 한국에 사는 우리에게 항상 해외 취업의 뽐뿌를 정기적으로 충전해주는 글로벌한 친구다. J는 해외취업 후에도 한국에 살던 집을 정리하지 않고 휴가 때마다 사용하고는 했는데, 장기화된 해외 생활로 결국 집을 정리했다. 때마침 그녀가 한국으로 휴가를 온다고 해 우리는 그녀에게 에어비앤비 첫 게스트를 제안했다. 긴 휴가 동안 호텔 생활을 하기도 어려므로 쉽지 않다고 여긴 J는 흔쾌히 우리의 첫 게스트가 되어주었다.

J에게는 내 방을 내어주고, 나는 언니와 함께 침대를 쉐어하며 일주일을 보냈다. 본가에서도 같은 방, 같은 침대를 사용했던지라 크게 불편하지 않았다. 짧지 않은 숙박 기간이라 '따로 또 같이'를 실천하는 것이 중요했는데, 게스트의 프라이버시를 존중하면서도 서로가 여유가 될 때는 함께 시간을 보냈다. 의도한 건 아니지만, 1층 식구들과 예전부터 벼르고 있었던 만두 빚기 행사를 하면서 J도 동참했다. 한국 전통 음식인 만두 빚기라니?! 이보다 완벽한 여행자 코스가 있을까.

J는 대부분의 시간을 약속하러 다니느라 집에서는 거의 잠만 잤지만, 매일 아침과 늦은 밤을 함께 보내니 어린 시절 큰외가에서 사촌들과 보냈던 기억이 몽글몽글 떠올랐다. 친구들과 낮과 저녁을 보낼 기회는 많지만, 아침을 함께 시작하고 늦은 밤 도란도란 이야기를 나누며 하루를 마무리하는 경험은 드물다.

J가 싱가포르로 돌아가고 얼마 지나지 않아 전 세계가 코

로나에 점령당하기 시작했고, 우리 집 숙소는 안타깝게도 다시 열리지 않았다. 대신 코로나로 인해 사람들이 북적거리는 외식 생활이 어려워지면서 친구들이 소수 정예로 우리 집으로 모여들었고, 집은 오히려 문전성시를 이루게 되었다.

그렇게 나와 친구들은 집에서 먹고 마시고 자고 해장하고 동네 산책을 하며, 체크아웃 시간이 없는 숙소를 운영하게 되었는데, 언니와 나는 누가 오더라도 손님맞이를 한답시고 오버하지 않고 기존의 일상생활을 유지할 수 있는 태연함을 가지게 되었다. 예를 들면, 술자리가 길어진다 싶으면 어느새 화장을 지우고 잠옷을 갈아입고 있다거나, 친구가 먼저 일어나도 늦잠을 편하게 잔다거나, 끼니도 때가 맞으면 같이 먹고 아니면 각자 먹는다거나 등 힘을 쭉 빼고 지낼 수 있게 된 것이다. 그리고 그 속에서 누가 놀러 오느냐에 따라 묘하게 달라지는 하루의 기운과 적당한 긴장감에서 오는 삶의 활력을 즐길 수 있게 되었다.

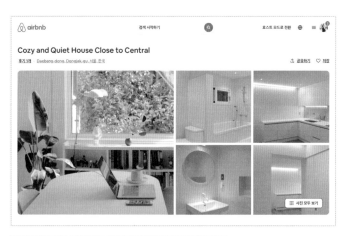

고심했던 타이틀과 꽤 진지했던 예약 과정, 그리고 완벽한 게스트의 완벽한 후기까지. 우리의 에어비엔비는 한 차례로 끝이 났지만, 언제고 부활을 꿈꾸고 있다.

정자매 게스트하우스에서는
한국 전통 음식인 '만두 빚기' 코스가 준비되어 있습니다.

1차부터 3차까지,
오늘도 올나잇!

때로는 (또는 자주) 술집

2019년, 누구도 예상하지 못한 역병이 전 세계를 덮쳤다. 무섭게 늘어나는 확진자 수와 괴담처럼 구급차가 근처에 다녀갔다는 등의 소문들로 분위기가 흉흉해지면서 2020년 3월부터 전원 긴급 재택근무에 돌입했다. 이때만 하더라도 재택근무 체제가 길어봐야 일주일이라고 생각했고, 출퇴근을 안해도 된다는 것만으로도 회사원의 마음은 철없이 설레었다. 말로만 듣던 디지털 노마드Digital Noma의 삶을 살게 되는 것인가 싶기도 하고, 각자의 집에서 화상을 통해 회의를 진행한다고 하니 갑자기 미래로 타임 슬립한 기분이었다. 하지만 예상과는 달리 재택근무는 2년 반이 넘도록 지속되었고 최초의 설렘은 진작에 사라지고 일상의 많은 것들은 변하기 시작했다.

한순간에 사람들에게 '만남'은 감염에 대한 '두려움'으로 변했고, 사회적 거리 두기가 지속되면서 친구들과의 약속은 삶에서 빠르게 사라졌다. 게다가 코로나 시국 초반에는 이동에 대한 규제가 엄격하고 재택근무에 대한 유연성도 없었던 터라 어떤 회사는 집이 아닌 카페에서 일을 하다가 발각된 직원에게 징계를 내리기도 했다. 그렇게 코로나로 인해 외출에 제한이 생겼고 외향 중의 외향인 나는 생에 없던 집순이의 삶을 살게 되었다.

나는 태생적으로 여기저기 쏘다니는 성격으로, 퇴근 후에도 다양한 바깥 활동을 즐기고 다음 날 출근해야 하는 일요일 저녁 7시에도 부담 없이 약속을 잡고 놀다가 새벽 늦게 들어오고는 했다. 그렇게 매일 외출을 하던 나를 바라만 보고 있어도 코피가 터질 것 같다는 언니의 증언이 나의 외향적 삶을 방증한다. 그러던 내가 코로나로 인해 월화수목금토일 날마다 집에 있게 되었고, 다른 입주민들의 상황도 크게 다르지 않았다. 모두가 답답한 상황이었지만 대신 우리의 만남은 밖에서 안으로 향했다.

볕이 좋은 날이면 마당에서 커피를 마시다 1층에서 함께 밥을 먹었고, 밥을 먹다가 2층에서 술을 꺼냈다. 그렇게 마당과 1층, 2층, 옥탑을 오가며 우리는 더 가까워졌다. 집 밖은 조용했지만 안은 그 어느 때보다 북적거렸다. 모든 일에 나쁜 면만 있지 않다는 말처럼 코로나로 인한 위기 상황은 같이 살게 된 우리가 좀 더 서로에게 그리고 스스로에게 집중할 수 있는 기회가 되었다.

우리는 그렇게 밤새도록 술잔을 기울였다. 1층과 2층이 조합되거나, 2층과 지하가 조합되거나, 1층, 2층, 지하가 모두 조합되어 큰 잔치가 되기도 했다. 술을 좋아하는 사람들의 고민은 항상 술을 마시고 집에 어떻게 잘 돌아갈 수 있을까인데 집에서 마시게 되니 택시나 대리를 부르지 않아도 된다는 것에 얼마나 몸과 마음이 편한지 모른다. 아주 옛날, 동네에 다들 모여 살던 시절에는 친구 집에서 한잔하고 터덜터덜 골목길을 걸어 집으로 돌아오던 느낌이 이랬을까 싶다.

번개성 술자리도 종종 가졌는데, 1층과 2층이 각자 따로 술 모임을 하다가 중간에 합쳐서 같이 마시기도 하고, 1층의 가족들이 놀러 와 마당에서 고기를 구우면 그 냄새에 이끌려 마치 원래 함께였던 것처럼 자연스럽게 합류하기도 했다. 여러모로 혼자 있기 어려운 날에는 1층 또는 지하에 불이 켜져 있는 것을 보고 가볍게 한잔을 신청하기도 했다. 그렇게 예상 못했던 순간에 거창하게 준비하지도 부담스럽게 멀리 이동할 필요도 없이 가볍게 한잔을 요청할 수 있는 거리, 그 가까운 거리가 주는 혜택이 너무나 감사했다.

　이 무렵 친구들은 장기화된 재택근무로 서서히 답답함과 외로움을 호소하고 있었다. 친구들이 말하기를 평상시의 집은 회사에서 일을 하고 돌아와 잠시 쉬고 잠을 자는 용도로 사용되다 보니 문제가 없었으나, 갑작스러운 재택근무로 인해 하루 종일을 집에서 일도 하고 밥도 먹고 잠도 자기에는 여간 답답한 구조가 아닐 수 없다는 것이다. 게다가 기분 전환을 위해 외출할 일도 드물어지니 집에 갇혀 사는 것 같다면서 슬슬 출근을 원하는 친구들이 많아졌다. 하지만 나는 정말 조금도 심심하지도 답답하지도 않았다. 코로나 전에는 모든 만남이 예약제로 이루어졌고 다양한 관계를 맺느라 동에 번쩍 서에 번쩍 다니면서 많은 에너지를 썼다면, 재택근무는 소수지만 깊고 풍성한 영혼을 나누는 또 다른 관계 맺기의 매력이 있다.

　대부분 우리는 친구들과 너무 멀리 산다. 그것이 항상 안타까웠다. 중간 어딘가에서 만나야 하고 이동에 오랜 시간이 필요하며 외출하기 위해 준비도 열심히 해야 한다. 서로가 멀리 떨어져 살기에 만남을 위한 많은 시간과 비용이 필요하다. 만나는 것이 이렇게 수고스러워서야, 어떻게 서로의 갑작스러운 외로움과 그리움 그리고 기쁨을 그때그때 나누고 토닥이며 살 수 있을까. 이전의 나는 쉽게 그러지 못했다.

적재의 〈별 보러 가자〉 노래 가사처럼, 어느 날 문득 집에 들어가는 길에 올려 본 밤하늘이 반짝거려 네 생각이 났으니, 가볍게 겉옷 하나 걸치고 너희 집 앞으로 잠깐 나와 같이 별 보러 가려면 적어도 근처에 살아야 하지 않을까. 마음으로는 아무리 가깝다고 하더라도 물리적으로 먼 거리에 있다면 서로의 삶을 나누기 어려운 것이 우리의 안타까운 현실이다.

코로나가 장기화되면서 이제는 조금씩 각자의 친구들도 집으로 불러들이게 되었고 그렇게 다양한 술판이 전 층에서 벌어졌다. 길고 긴 재택근무에 답답해진 나와 회사 동료들은 어떻게 얼굴을 볼 수 있을까 고민했고, 밖에서 만난다는 것은 여전히 조심스러운 상황이라 각자 노트북을 들고 우리 집으로 모여 업무와 회의를 마치고, 7시 퇴근 '땡' 하자마자 바로 회식을 시작했다. 미뤄두었던 근황을 나누느라 12시가 넘도록 술잔을 기울였다. 누군가의 집에서 각자 업무를 하고 바로 회식을 이어간다는 것이 꽤 신선하고 즐거웠다. 우리는 헤어지며 누가 먼저랄 것도 없이 서로 말했다.

"가까이 살면 참 좋겠어요."

감나무에 잎이 무성해지면서 뷰 맛집이 된 2층에서는
와인 모임이 시작된다.
2층의 주종은 와인 그리고 소주다.

옥탑방을 개조해 만든
프라이빗 미술 교실

때로는 아틀리에

우리 집 옥탑방에 관한 이야기를 해보려고 한다. 옥탑방은 클래식한 빨간 벽돌로 네모반듯하게 만들어진, 크기는 약 3평 정도. 처음 리모델링을 시작할 때, 이 옥탑방에 거는 기대는 대단했었다. 2층과 옥탑방을 내부 계단으로 연결한 후, 옥탑방 한쪽 벽에 하늘을 감상할 수 있는 커다란 통창을 설치하고, 다른 가구 없이 푹신한 빈백 하나만 놓아 조용히 힐링할 수 있는, 그런 완벽한 옥탑방으로 만드는 것이 우리의 첫 구상이었다.

현실은 어땠을까.

- 2층과 옥탑방을 편리하게 오갈 수 있는 실내 계단은 계단을 만들 만한 공간이 나오지 않아 실패

- 전체 통창은 공사 규모가 커져서 기존에 있던 쥐꼬리만 한 창문을 새 창틀로 교체하는 것으로 타협
- 마지막에는 공사비가 무한 증액되면서 창틀과 전기공사까지만 겨우 마친 채로, 아무런 인테리어 없이 허망하게 공사 중단

그 결과 힐링 공간은 '개의 뿔'이 되었다. 장판조차 깔려있지 않은 돌바닥과 미처 뜯지 못한 벽지가 덜렁덜렁 붙어 있는 옥탑방으로 상황 종료. 심지어 옥탑방에 가려면 좁고 가파른 외부 계단을 통해야 하는데, 도로 건너편 편의점은 잘 가지 않는 것처럼 이는 엄청난 심리적 거리를 형성했다.

이번 집만은 미니멀해지기를 원했고, 그래서 잡동사니들을 위한 창고를 고의로 만들지 않았다. 어차피 창고에 들어가면 절대 찾지 않는다는 것을 우리의 지난 역사가 증명해주기 때문이다. 하지만 공사뿐 아니라 우리 다짐도 계획과 다르게 흘러갔고, 결국 어정쩡한 물건들이 유령처럼 이방 저방을 떠도는 상황이 발생했다. '예쁜 쓰레기'들이 하나둘 옥탑방으로 향하게 되면서 옥탑방은 자연스럽게 창고로 변해갔다.

옥탑방이 온갖 잡동사니로 꽤 붐빌 즈음, 우리에게 느닷없

이 각성의 시간이 찾아왔다. 그동안 내심 옥탑방을 이대로 둘수는 없다는 죄책감이 쌓이다 갑자기 폭발한 모양이었다. 이런 각성은 언제나 그랬듯 아주 잠시 우리 안에 머물다 갈 것이므로 이 순간을 놓치지 말고 옥탑방 인테리어를 마무리 지어야 했다. 단독주택 살이 6년 차의 소소한 팁이라면 손이 많이 가는 단독주택의 경우 이런 각성이 왔을 때 무조건 일을 시작해야 한다. 그 순간을 놓치면 다음 각성이 언제 올지 기약할 수 없다(부지런한 사람들은 예외다). 때마침 1층 독서모임 주인장 H도 책을 보관할 공간이 필요해 셋이서 나란히 을지로에서 벽에 칠할 흰색 페인트와 장판을 구매했다.

자재를 구매한 바로 그 날 모든 일을 마쳤어야 했다. 오랜 숙원사업이었던 옥탑방의 인테리어 자재를 구매했다는 뿌듯함과 안도감에 우리는 그만 골아떨어졌고, 자재만 옥탑방에 넣어둔 채로 다시 시간이 흘렀다. 각성은 통장에 들어온 월급처럼 우리 삶에 언제나 그렇게 매우 짧게 치고 떠난다.

눈만 한 번 깜빡였을 뿐인데 일주일이 흘렀다. 하기 싫은 일들은 시간이 꼭 64배속으로 넘어가는 것 같다. 각성이 떠나기 전에 이번엔 기필코 해결해야 했기에 바쁜 동생과 H를 구슬려 다시 인테리어에 착수했다. 페인트칠이라고 함은 보광동 집에서 이미 한 번 해본 경험치가 있는 일로, 여기에는 두 가지 심리가 작용한다(앞서 잠깐 언급했다). 첫 번째는 '페인트 칠할 만하다', 두 번째는 '페인트칠할 만하지 않다'다. 그나마 다행인 건 난이도가 낮은 일에 여러 명이 모이면 '할 만한 일'을 넘어 '재밌는 일'이 된다는 것이다.

우리는 독서모임에서 헨리 데이비드 소로의 《월든》을 읽으며 월든 호숫가 숲으로 들어가 오두막을 짓고 자급자족 삶을 산 작가의 삶을 긍정하고 동경했다. 블루투스 스피커에서 음악이 흘러나오는 옥탑방에 모여 낡은 벽지를 긁어내고, 페인트를 칠하고, 장판을 재단하는 모습이 마치 '월든의 오두막'을 만드는 것처럼 느껴졌다. 페인트는 조색에 실패해 잿빛이 되었고, 장판 끝은 각이 맞지 않았지만 그런 건 중요하지 않았다. 우리가 함께 우리의 공간을 만들어낸 것으로 충분했다. 무엇보다 페인트칠하고 장판을 깔고 내부를 정리하는 데 고작 서너 시간밖에 걸리지 않았다는 사실이 기뻤다. 고민은 1년을 넘게 했는데 말이다.

이렇게 만든 옥탑방은 동생의 아이디어로 화실로 사용하기로 했다. 미술을 전공한 동생은 그림 클래스를 운영하는 절친(일명 '차차쌤')과 함께 보광동에서 정기 그림 모임을 진행한 적이 있다. 이 모임은 이곳으로 이사 오면서 중단되었는데, 옥탑방에 화실이 생겼으니 언제든 편하게 모여 다시 그림을 그릴 수 있게 되었다. 동생과 1층의 S가 정식으로 차차쌤을 모시고 그림을 배우기로 했다는 소식을 듣고, 왠지 재밌어 보여 나도 같이 참여하게 되었다(정확히는 '꼽사리'다).

옥탑방 그림 모임은 매주 토요일마다 진행되었다. 나의 마지막 그림은 중학교 미술 수업 시간에 포스터컬러로 그린 불조심 선전 포스터였던 것으로 기억한다. 그 후로 그림을 그릴 기회도, 딱히 이유도 없었다. 즉흥적으로 그림 모임에 참여하게 되면서 정말 오랜만에 그림을 그렸고, 난생처음 유화도 그려보게 되었다. 붓을 잡았더니 갑자기 내 속에 잠들어 있던 미술적 재능이 발현되는 마법 같은 일은 일어나지 않았지만, 그림 그리기는 생각보다 훨씬 재미있었다. 나의 어설픈 그림이 차차쌤의 손만 거치면 수습되는 기적을 경험하니 자신감이 붙었고 나는 그리고 싶은 것들을 더 거침없이 그려나갔다. 내가 정한 첫 번째 그림 주제는 고양이 '라이'였다. 폭우로 죽을 뻔한 라이가 남은 냥생은 뽀송뽀송하게 살라는 기원의 의미를 담아 사막에 있는 라이를 그렸다. 이 그림은 부적처럼 2층을 지키고 있다.

몇 달 동안 우리의 낭만적인 토요일을 책임졌던 그림 모임은 현재 코로나로 잠시 쉬어가고 있지만, 짧아서 아쉬운 봄날이 다 가기 전에 다시 옥탑방에서 그림을 그릴 수 있길 고대해본다.

나의 첫 번째 그림이다.
라이도 자신의 그림에 만족하는 듯하다.

차차쌤의 터치로 기적을 맛본 우리는
그림 그리기에 더 흥미를 가질 수 있었다.

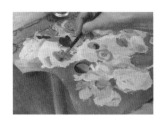

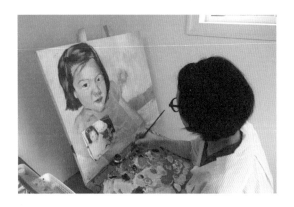

그림 그리기에 집중하다 보면 시간 가는 줄 모른다.
옥탑방에도 밤이 찾아왔고, 나의 그림 그리기는 계속되었다.

플리마켓을
열다

때로는 벼룩시장

우리 집 마당에서 네 번째 플리마켓이 열렸다.

먼 기억을 더듬어보면 첫 번째 플리마켓은 어느 외곽의 카페 앞에서 진행했다. 우리는 안 입는 옷을, 친구는 직접 만든 캔들을 팔았다. 한여름 그늘막도 없는 땡볕에서 다들 얼굴이 까맣게 그을렸지만, 눈엣가시였던 물건들을 처리하는 기쁨은 컸다. 나름 순조롭게 마무리될 즈음, 의자에 올라 옷을 걸던 동생이 의자에서 미끄러졌다. 툴툴 털고 일어나길래 대수롭지 않게 생각했는데, 점점 걸음을 못 걷기 시작하는 것이 아닌가. 결국 거의 기어가다시피 해서 집에 도착했고, 다음날 동네 정형외과에서 '뼈에 금이 갔다'라는 청천벽력 같은 진단을 받았다. 예기치 못한 부상으로 동생은 2주 동안 회사를 가지 못했고, 한 달 동안 목발 생활을 해야 했다.

매출은 나쁘지 않았으나, 그와 비교할 수 없는 병원비 지출, 한 달 내내 목발 생활

두 번째 플리마켓은 지하 총각의 레스토랑에서였다. 식당이 번화가가 아닌 주택가에 위치해서 그런지 행인이 거의 없었다. 친한 친구들 여섯 명이 각자 집에 묵혀놓고 있던 아이템들을 꺼내 왔는데, 결국에는 우리끼리 서로 물건을 사고파는 상황이 펼쳐졌다. 흥이 난(아직도 왜 흥이 났는지는 모르겠다) 레스토랑 사장님(지하 총각)께서 레스토랑에 있는 와인과 생맥주를 무제한으로 제공해준 덕분에 물건을 판 기억보다 잘먹고 잘 마시고 간 기억만 남아 있다.

정산 결과

공짜로 술을 제공한 레스토랑 사장님의 일방적인 마이너스. 팔 옷들을 한평생 사용하려고 마음먹고 구매한 고가의 캐리어에 급하게 집어넣다가 지퍼에 옷이 걸려 후에 수리비만 26만 원 발생

세 번째 플리마켓은 우리 집 마당에서였다. 이번에는 집

리모델링 완공일에 맞춰 열기로 했다. 솔직히 그때까지만 해도 나는 이 집이 상업적으로 가치가 있는 공간이라고 철석같이 믿었다. 조용한 주택가에 위치해 있지만 지하철역에서 도보로 3분밖에 걸리지 않는 데다, 을지로에서 조용한 주택가 사이사이 간판도 제대로 없지만, 문만 열고 들어가면 신세계가 펼쳐지는 곳들을 종종 목격했기 때문에 우리 집도 '힙'해질 수 있다고 믿었다.

완공부터 1층의 독서모임과 심리상담소 입주까지 한 달이 남아 있었기에 그 기간 동안 여러 셀러들이 자신들의 물건을 자유롭게 판매할 수 있는 공간을 제공해주고 싶었다. 홍보를 통해 물건을 팔고 싶은 셀러를 모집했다. 처음에는 스무 명이 넘는 셀러들이 참가 신청을 했다가 여러 이유들로 마지막에는 대여섯 팀만 겨우 남았고, 꽤 길게 진행하기로 했던 플리마켓은 단 하루로 축소했다.

그 하루마저도 추적추적 비가 내려 셀러만 많고 바이어는 거의 없는 참으로 난감한 상황이 펼쳐졌다. 평소에는 집 앞에 행인이 꽤 있었던 것 같았는데, 행인들은 대부분 신기한 듯 눈빛만 보내고 제 갈 길을 간다는 점을 계산하지 못했다. 첫 번째와 두 번째 플리마켓은 집에 있던 물건을 가지고 나와 판매에 대한 부담이 없었으나 이번에는 달랐다. 직접 디자인

한 물건들을 인터넷으로 판매하고 있는 정식 셀러들이었고, 단 하루의 플리마켓을 위해 며칠을 준비했던 것이다. 결국 손님보다 셀러의 수가 더 많은 채로 종료되어 작은 어깨에 도로 짐을 챙겨가던 모습이 너무도 미안했다.

정산 결과
이곳이 똥상권임을 확실하게 인지하는 계기가 됨. 셀러들에 대한 무한 미안함만 남음

처량한 세 번째 플리마켓이 끝나고 다시 2년이 흘렀다. 옷장을 열면 걸지 못한 옷들이 아슬아슬하게 쌓여 있어 혹 무너질까 빠르게 쑤셔 넣고 황급히 옷장을 닫아야 한다. 동생의 옷장도 상황은 비슷했다. 당근으로 하나둘 팔기에는 품이 많이 들고, 헌 옷 수거함에 버리기에는 너무 멀쩡했다. 우리는 다시 한번 플리마켓을 열어보기로 했다. 앞선 세 번의 아픈 경험을 바탕으로 이번에는 그간 가장 취약했던 홍보에 힘을 쏟았다. 당근 앱에 일주일 전부터 홍보하고, 옷을 매장처럼 전시할 수 있는 행거도 여러 개 빌렸다. 소식을 접한 몇몇이 같이 물건을 팔고 싶다는 의향을 밝혔으나, 손님이 없을 수도 있으므로 (그들을 위해) 완곡하게 거절했다.

플리마켓은 일요일 오전 10시에 열었다. 전날까지만 해도 비가 내렸는데 오늘은 더없이 화창했다. 동네에 홍보도 했고, 팔 물건들도 보기 좋게 정리했다. 이번에는 느낌이 좋았다. 우리는 지난 세 차례의 경험에서 부족한 점을 찾아냈고, 보완했다(고 생각했다).

한 시간가량 흘렀을까. 손님은 단 한 명. 그마저도 판매한다고 올린 와플팬을 보고 온 손님이었는데 하필 와플팬을 판다고 했던 친구가 술병으로 참가하지 못해 빈손으로 돌아가야 했다. 플리마켓 소식을 듣고 지인들이 발걸음을 해줘 겉으로는 성황리에 진행되는 것처럼 보였지만, 그중 손님은 없었다. 전날 손님용으로 만들어두었던 (잔당 1천 원에 팔지, 2천 원으로 팔지 고민했던) 샹그리아는 삼삼오오 만들어진 술판으로 빠르게 소진되었다.

시곗바늘은 마감 시간으로 정한 7시를 향해 달려가고 있었다. 한 시간에 한 명꼴로 오던 손님마저 오지 않았고, 손님 대신 길고양이들이 집 문 앞에서 줄 서서 대기하는 진 풍경이 펼쳐졌다. 녀석들의 주 활동무대가 우리 집 마당과 옆 공터인데 사람들이 하루 종일 이곳을 점령하자 차마 들어오지 못하고 입구에서 눈치만 보고 있었던 것이다.

시간은 7시가 되었고, 손님 몇 분과 길고양이 몇 마리만이 찾아준 채로 네 번째 플리마켓도 초라하게 마감했다. 정산할 것도 없는 수준의 매출이었다. 그제야 당근에서 '플리마켓 하는 걸 지금에서야 봤네요', '아쉬워요', '내일도 하나요?'라는 댓글이 달렸다. 무슨 배짱이었을까 우리는 이왕 시작한 김에 하루 더 진행해보기로 했다.

기대는 하지 않았다. 해서는 안 된다고 마음을 굳게 먹었다. 하지만 다음 날 상황은 훨씬 더 참담했다. 동생이 낮 동안 재택근무를 하며 거실 통창으로 마당에 손님이 오는지 관찰했는데 오후 4시가 될 때까지 사람은 코빼기도 보이지 않고 오직 개미와 고양이, 새만이 다녀갔다고 했다.

이번 플리마켓은 역대급으로 망했다며, 이렇게까지 망할 줄 몰랐다며 고개를 젓고 있는데 갑자기 마당에 하나둘 동네 주민들이 찾아오기 시작했다. 따님이 당근 홍보 글을 보고 여기에 꼭 가 보라고 했다며 멀리서 물어물어 찾아온 어머님 손님을 시작으로, 엄마 손을 이끌고 온 어린이 손님들까지. 마당이 순식간에 시끌벅적해졌고, 행거에 빽빽하게 걸려있던 물건들도 눈에 띄게 팔려나갔다. 우리는 "이곳은 주말보다 평일 퇴근 시간이 훨씬 인기가 있는 곳일지 몰라. 내일 또 해보자. 마지막 한 장이 팔릴 때까지"라고 큰소리쳤지만 각자의 바쁜 일정 탓에 열리지 못했다.

여기까지가 아주 열악한 장소에서, 사업적 머리라고는 눈곱만치도 없는 사람들이 한데 모여 플리마켓을 열었을 때 벌어지는 일들이다. 과연 다음 플리마켓은 열리게 될지, 그 결과는 어떨지 나도 궁금하다.

이후 재택근무하는 동생이 혼자서 이틀간 플리마켓을 추가로 열었고, 생각보다 많은 동네 주민들이 찾아왔다. 그 많던 옷은 절반 정도 팔렸고, 나머지는 전부 아름다운 가게에 기부했다. 줄어든 짐만큼 동생은 새 옷을 주문했다.

입주민과 독서모임 멤버들의 물건들을 모아
집 마당에서 플리마켓을 열었다.
정산 결과는 손님에게 판 것보다 서로의 것을 산 것이 더 많았음.

날카롭던
첫 장사의 추억

때로는 테스트베드

집을 찾아오는 단골손님들이 늘어나자 우리는 이들과 함께 뭔가 생산적인 일을 해보고 싶어졌다. 때마침 친한 친구가 꽃을 배우고 있어서 같이 '일일 꽃 장사'를 해보기로 했다. 우리의 구상은 밸런타인데이에 이태원역에서 꽃다발을 파는 것이었다. 꽃다발을 만들기 위해서는 큰 작업대가 필요했는데 거실에 놓아둔 6인용 테이블이 그 역할을 했다. 이 테이블은 모임을 하든, 작업을 하든 신의 한 수였다.

당시 친구는 8년 다니던 회사를 그만두었고, 프리랜서인 나도 일이 없던 시절이었다. '미래 먹거리 창출'이 시급했기에 꽃 장사 프로젝트는 일사천리로 진행되었다. '하이리스크 하이리턴'이라고 하지만 투자 성향으로 치면 나는 '원금보장

추구형(다른 말로 쫄보)'이었으므로 1인당 투자금은 5만 원으로 한정했다. 그래도 꿈은 총 10만 원을 투자해 40만 원을 벌겠다고 꾸었다.

장사는 하루였지만, 준비는 꼬박 며칠이 걸렸다. 가장 먼저 해야 할 일은 양재 꽃시장에서 꽃을 사는 일이었다. 좋은 꽃을 사려면 새벽 3시에 가야 한다던데 우리는 무슨 배짱인지 맥모닝 세트까지 먹고 정오가 다 되어 방문했다. 난 꽃에 대해서는 1도 몰랐기 때문에 충실한 짐꾼 역할을 담당했다. 화보를 보면 꽃을 든 여자들이 참 예뻤던 것 같은데 꽃이 많아지니 무게가 상당했다. 상당한 정도를 넘어 나무 기둥을 이고 가는 느낌이었다. 그러다 보니 두 팔에 안기보다는 자연스레 어깨로 짊어지는 형태가 되었다. 로망이 부서지는 순간이었다.

'꽃집을 하려면 차를 사야겠다'는 허망한 결론을 내면서 꽃을 대중교통으로 집까지 운반하는 데 성공했다. 이제 이태원에 사람이 몰리는 시간대까지 약 네 시간. 웃으며 시작했지만, 생각보다 고된 노동에 점점 웃음기는 사라졌다. 다행히 시간 안에 꽃다발 작업을 마친 우리는 노점이라 자리싸움이 치열할 것으로 예상해서 나름 '환불 메이크업'도 하고 나갔는데 아무도 없어 무혈입성했다. 제일 좋은 이태원 초입에 판을 깔고, 촉촉한 눈으로 손님들을 맞을 준비를 했다.

잠시 배경 설명을 하자면, 당시는 한겨울 기온은 영하 13도였다. 매일 사람이 미어터지는 곳인 줄 알았던 이태원조차 한기할 정도의 추위였다. 오들오들 떨어가며 꽃을 파는 우리가 처량해 보였는지 따뜻한 음료수를 건넨 외국인도 있었다. 나중에 안 사실인데 그 외국인은 인스타에서 꽤 유명한 플로리스트였다. 칼바람에 꽃은 눈에 띄게 싱싱함을 잃어갔고, 우리의 패기도 꽃처럼 시들어갔다.

조급해진 우리는 전략을 바꿔보기고 했다. 둘이 돌아가면서 손님 행세를 하기로 한 것이다(생각해낸 전략이란 게 고작 이거였다). 꽃다발에 관심을 가지는 사람이 있으면 밀착 영업도 해보고, 손님이 보든 말든 상관없다는 듯 배짱 두둑한 사장 행세도 해봤다. 30분 정도 지났을까. 축구도 내가 안 볼 때 골이 들어가더니, 배고파서 잠시 만두를 사러 갔다 온 사이에 첫 꽃다발이 팔렸다. 그리고 그 이후로 두 시간 동안 총 다섯 개의 꽃다발을 팔았다.

총수익 10만 5천 원-투자 비용 10만 원(교통비 제외)
=순이익 5천 원

두 사람이 나눠야 했으니 진정 쥐꼬리만 한 수익이었다. 우리는 배가 고팠고 만두를 사 먹었다. 만두는 4천 원이었다. 이것이 우리의 첫 장사였다.

선택받지 못한 꽃다발들은 동생이 그날 저녁 예쁘게 사진 찍어 회사 장터 게시판에 올렸더니 바로 완판되었다. 이래서 다들 상권이 중요하다고 하나 보다.

그 하우스 아니고,
그 하우스 맞아요

때로는 하우스: 그나저나 다음 판은 언제?

1층과 2층의 입주민들이 모여 만든 단체방에는 어김없이 등장하는 단어가 있다(지하 총각은 레스토랑을 운영하고 있어서 같이 모이기가 힘들다). 바로 '카탄Catan'이다. 카탄은 보드게임 이름이며, 주사위를 돌려 획득한 자원들을 활용해 내 땅에 건물과 다리를 건설하는 게임이다. 쉽게 말해 블루마블과 유사하다. 다른 점은 블루마블에 비해 상대적으로 머리가 좋지 않아도 되고(!), 게임판 자체가 예쁘다는 정도다.

예전에 미국 드라마 〈위기의 주부들〉이 한창 유행이었을 때, 같은 동네에 사는 주부들끼리 평일 낮에 한 집에 모여 카드게임을 하던 장면이 생소하면서도 부러웠다. 생각해보면 나와 동생은 카드게임은 물론이고 그 흔한 화투도 몇 번 쳐본 적이 없다. 다른 집들 이야기를 들어보니 명절에 친척끼리 화투를 치면서 밤늦도록 즐거운 시간을 보낸다고 하던데, 우리 집은 다 같이 TV를 보거나 수다를 떠는 것이 전부였기 때문이다.

오랫동안 명맥을 유지하는 게임에는 다 그만한 이유가 있다. 언젠가 처음 화투를 쳐본 날을 기억한다. '피박이니, 똥을 쌌니, 고도리니'하는 단어들은 어감만으로도 고상함과는 거리가 멀지만, 그 단어들을 시원하게 내뱉을 때 따라오는 해방감이 있다. 그 뮤트그린색(?)의 담요는 또 어떤가. 그 담요 위에 놓인 패의 위치를 정확히 조준해 다른 패로 짝을 맞출 때 나는 경쾌한 소리와 손맛이란 잊을 수 없다. 그날 화투는 분명 재밌었지만, 다시 칠 기회는 생각보다 없었고, '짝'하고 담요에 달라붙던 손끝의 느낌과 설렘만이 아련히 남은 채로 시간이 흘렀다.

꺼져 있던 게임의 불씨를 다시 붙인 건 1층의 H였다. H는 설과 추석마다 독서모임 멤버들을 불러 윷놀이를 할 정도로 각종 게임에 진심이었고, 그 진심만큼 다양한 보드게임들을 구비하고 있었다. 그중 하나가 카탄이었다. 카탄을 하기 위해 1층의 S와 H, 2층의 정자매, 총 네 명이 모였다. H는 게임에서는 무조건 돈을 걸어야 한다며 '오바리'를 제안했다(오바리는 5천 원 내기를 뜻한다). 나는 로또나 게임처럼 이길 가능성이 희박한 것에 돈을 쓰는 것을 극도로 아까워하는 성격으로 오바리 제안이 달갑지 않았지만, H의 강경함에 어쩔 수 없이 피 같은 5천 원을 게임판에 깔았다.

여기에서 잠깐 게임에 참여한 네 명의 성격을 MBTI로 설명하자면 나와 S는 감정형, 동생과 H는 사고형이다. 사고형이라 함은 '목표와 효율'에 초점을 두고, 구체적인 사실에 대해 냉철한 분석을 하는, 즉 게임에 최적화된 인간 유형이다. 반면 감정형은 키워드부터가 '진실, 가능성, 잠재력, 이상, 인간중심'이 아니던가. 이에 더해 '사람에 대한 지나친 맹신'까지, 게임에 질 수밖에 없는 조건들을 완벽히 갖추고 있다.

(게임에서조차) 진실을 추구하고 사람을 믿고 보는 나와 S는 자신의 패를 숨기고, 교묘하게 상대를 이용하는 둘에게 번번이 질 수밖에 없었다. 게다가 나는 게임 규칙도 제대로 파악하지 못하고, 꿋꿋이 자신만의 세계를 구축해나가다가 '백치'라는 별명까지 얻었다. 크게 똑똑하지는 못했어도 백치 소리한 번 들은 적 없던 나는 상당히 분했지만 부인할 수도 없었다. 왜냐하면 나는 정말 게임을 (드럽게) 못했다.

카탄은 한 판을 하는데도 세 시간 이상이 걸렸다. 절반 정도 지나면 이미 동생과 H가 선두를 다투고 있고, 나와 S는 패색이 짙어진다. 악바리 근성 같은 것도 없는 나는 그때부터 이미 게임을 거의 포기한 채 분위기를 구경하기에 바빴다. 같이 하는 멤버들이 최약체라고 업신여기며 슬렁슬렁 게임을 하는 자, 이기기 위해 뇌의 모든 뉴런을 연결한 자, 패가 점점 수렁으로 빠져들자 분을 이기지 못하고 자신의 머리를 쥐어뜯는 자, 여기서 나는 나름 연구해서 패를 놓지만 정작 다른 이들에게 비웃음을 사는 자에 속한다.

게임을 함께할 때면 내내 웃음이 끊이지 않는다. '미치광이'라는 다소 과격하지만, 여기에서는 한없이 정감 있는(?) 단어도 종종 오고 가며, 웃다가 '컹'하는 돼지코 소리를 내기도 한다. 그러다 문득 생각한다. 게임 자체가 재미있기보다도 사실 이 사람들과 같이 노는 것이 재미있다는 것. 같이 살게 되어 정말 다행이다.

그래서 다음 판은 언제니?

카탄에 임하는 올바른 자세.

고칼로리 패스트푸드로 빠르게 소리지를 에너지를 채우는 중이다.

승부욕 넘치는 입주민들과 게임을 하면 전투력이 온 층에 울려 퍼질

정도로 모두가 최-선을 다하는 게임판이 벌어진다. 이게 뭐라고.

명절에 고향에 내려가지 못하고 서울에 남은 친구들이 있을 때면
집으로 불러들여 윷놀이 판을 벌이곤 한다.

같이 살기 참 잘했어

여자 셋 남자 둘

고양이 하나

오늘은
카레다

집밥 공동체의 시작

음, 1층에서 커피 향이 나네.

1층은 오픈하지 않은 드립 커피 맛집이다. H는 직접 공수
한 원두로 나름의 철학을 가지고 커피를 내려 독서모임 때 제
공한다. 그 맛에 반해 대방동에는 한때 커피 열풍이 불었고
언니는 H와 함께 브루잉* 클래스에 참가하기도 했다. 그때 사
들인 각종 용품들은 현재 좁은 집의 한구석을 차지하는 장식
품이 되었고, 맥심과 카누가 다시 찬장으로 돌아왔기는 했지

🏠 브루잉은 커피가루에 물을 부은 후 필터로 걸러 커피를 완성하는 작
　업을 말한다. 흔히 알고 있는 핸드드립 추출 방식이라 보면 된다. 원두
　본연의 풍미를 느낄 수 있어 1층에서 커피를 내리면 커피향이 마당까
　지 흘러나온다.

만 말이다.

역시 제일 맛있는 커피는 남이 내려준 커피인지라 우리는 빈 머그잔을 들고 마당을 지나 1층의 부엌 창문을 종종 두드린다.

"아이고~ 커피 향이 참 좋네요. 혹시 커피 많이 내렸나요?"

'아이고~'는 누가 먼저 언제부터 시작했는지도 모르게 우리들의 첫 인사가 되었다. 1층 S는 명불허전 한식의 대가다. 전라남도 완도의 솜씨 좋은 집안의 셋째 딸로 태어나 눈대중으로 대-충 나물을 무치거나 무심한 듯 봄동을 숭덩숭덩 썰어 넣은 된장찌개를 끓이는데 그 맛은 진실의 미간을 부른다. 한식뿐만 아니라 단호박을 넣은 카레, 다진 고기와 토마토소스를 뭉근하게 끓인 칠리소스까지 모든 장르에서 감칠맛을 뽑아낸다.

"칠리소스를 잔뜩 했는데 오늘 상담이 늦게 끝나서 이제야 졸이고 있어요. 2층에 올려드릴 테니 내일 아침에 먹어요."

우리 집 냉장고가 텅텅 빈 거는 어떻게 알았을까(완전 감동

쓰!!!). 2층 메뉴로 말하자면, 나는 지난해 베이킹에 빠져 매주 일요일 수업을 들었는데 실습으로 구운 빵들을 일요 독서모임 멤버들과 매주 나눠 먹었다. 늘 맛있게 먹어줘서 즐거웠다. 베이킹 수업은 인원이 많지 않아 구웠다 하면 작은 빵은 열 개 이상, 큰 식빵류는 네 개 이상을 챙길 수 있다 보니 혼자 살았다면 냉동실로 직행해서 결국 다 먹지 못했을 것이다. 막 구워 따끈한 빵을 좋아하는 사람들과 나눠 먹는 일은 주말 아침 9시 수업도 즐길 수 있는 동력이 되어주었다.

언니 역시 보광동 시절에서부터 연마해 온 특기 메뉴가 있다. 훠궈와 어묵탕, 카르보나라 떡볶이, 스테이크가 그것인데 친구들이 올 때만 요리 실력을 발휘한다. 보통 때는 '만듦'보다는 '먹음'을 담당하거나 보조 셰프로 활동한다. 같이 산다고 해서 모두가 요리하는 것은 아니다. 각자의 역할이 있다.

H의 요리 빈도도 매우 낮지만 했다 하면 꽤 근사하다. 파슬리와 바지락을 듬뿍 넣은 알리오 올리오, 오랜 시간 천천히 구워낸 돼지고기 수육, 떡볶이가 특기다. 그리고 겨울이면 군고구마를 아주 끝내주게 굽는다. 이 모든 메뉴들은 함께 살지 않았다면 맛보기 쉽지 않았을 것이다. 이렇게 집에서 각자의 음식을 나눠 먹다 보면 문득 '식구食口'의 사전적 의미를 충실하게 살아가고 있음을 되새기게 된다.

만들기도 먹기도 좋아하는 우리는 코로나 이후 외부인들과의 만남이 줄어들면서 더 자주 집에서 같이 음식을 만들어먹었다. 처음에는 한 끼를 잘 만들어 먹다가 이후에는 만두빚기, 김장 하기까지 확장되었다. 여기 입주민들은 다들 일을크게 벌이는데 재주가 있다. 인상적인 부분은 만두를 빚고 김치를 담그는 고된 과정이 즐거웠다는 것이다. 만두는 명절 스트레스와 함께 자주 언급되는 불화의 씨앗 같은 것이지만 친구들과 자발적으로 함께하니 놀이처럼 느껴졌다. 이곳에 모인지 3년째인데 벌써 두 번이나 만들어 먹었다.

혼자 사는 사람들이 늘어나면서 '밥을 해 먹는다는 것'은참으로 번거로운 일이 되어버렸다. 그도 그럴 것이 1인이 1인을 위한 음식을 매일 한다는 것은 여간 어려운 일이 아니다. tvN에서 방영한 〈삼시 세끼〉라는 프로그램을 보면 아침밥을하고 먹고 치우다 보면 그새 점심이 오고 저녁이 오고, 그렇게 '밥'만 하다 하루가 다 지나는데 실제로도 그러하다. 게다가 나처럼 손이 큰 사람들은 4인분보다 1인분을 요리하기가더 어려워 엄청난 양을 만들어놓고 다 먹지도, 그렇다고 버리지도 못한 채 냉장고에 며칠 모셔 두었다가 결국 쓰레기통으로 직행하는 상황이 빈번하게 일어난다. 이와 같은 일련의 과정들을 몇 번 거치고 나면 '아 역시 밥은 남이 해준 밥이 최고

다', '배달해서 먹는 것이 오히려 돈도 시간도 아끼는 방법이다'라는 결론에 자연스럽게 이르게 된다.

함께 살면서 얻게 된 기쁨 중 단연 최고는 '나눠 먹는 기쁨'이다. 여기에는 '얻어먹는 기쁨'이라는 덤까지 함께 온다. 내가 요리한 날은 다른 사람은 안 해도 되고 나 역시 다른 사람이 한 음식을 맛있게 먹어주기만 하는 그런 날도 있다. 팀워크란 이런 것이 아닐까. 집밥을 함께 먹는 것에 대한 만족도가 높다 보니 우리는 종종 나중에 혹시 아이를 비슷한 시기에 가지게 되면 유아식도 번갈아 가며 만들고, 육아도 요일별로 나눠서 같이 하면 좋겠다는 이야기를 한다. 마을을 이루고 살던 예전에는 다들 그렇게 아이를 키웠다고 한다. 육아가 독박이 되면서 결혼을 해도 출산을 포기하는 요즘 시대에 진정 다시 필요한 정서가 아닌가 싶다. 이곳도 언젠가 우리만의 작은 마을이 형성되길 기대해본다.

집밥으로 다시 돌아가면, 여기에는 함정도 존재한다. 요리를 하고 정리할 때 모두가 정확하게 N분의 1의 역할을 수행하는 것은 아니라는 것이다. 어디서든 일을 더 많이 도맡아 하는 사람들이 있다. 1층 S와 내가 그 역할을 맡는다. 언니와 H는 이런 부분에서 자발성을 발휘하는 사람들은 아니다. 둘 다

첫째로 태어났는데 나중에 첫째로 태어남과 집안일 사이의 상관관계에 대해 진지하게 논문을 쓰고 싶을 정도로 둘은 그런 면에서 닮은 부분이 많다. 그러다 보니 S와 나는 마치 대방댁에 시집온 큰며느리와 작은며느리 마냥 그들의 안일한 집안일에 대해 투덜거림을 잊지 않는다(소귀에 경 읽기일지라도).

우리는 이에 대해 당연한 것으로 받아들이기보다 각자의 역할에 대해 각자의 투쟁으로 밸런스를 맞춰나가고 있다. 처음부터 완벽한 평화의 상태는 없고 앞으로도 없을 것이다. 다만 이런 연습들을 통해 함께 사는 법을 터득해나가고 있는 것 같다. 함께 살기 위해 밸런스를 맞추는 이 과정이 혼자 살았으면 겪지 않았을 복잡하고 피곤한 일이 아닌 상대를 통해 나의 힘을 키우는 과정이라 믿는다. 또한 이곳 대방동에서 함께 음식을 만들고 나눠 먹는 것, 의와 주보다 더 즉각적으로 즐거움을 주는 식이라는 삶의 중요한 부분을 어떻게 하면 귀찮고 괴로운 노동이 아닌, 즐길 수 있는 일로 만들지에 대한 실험은 계속 진행 중이다.

스파게티 장인 1층 H의 봉골레 파스타와
한식 장인 S의 목살 김치찌개로 우리의 식탁이 풍성해졌다.
겨울 특식 어묵은 정자매의 히든카드다.

마당을 완벽하게
누리는 방법 1

큰정 시점

단독주택이라고 하면 으레 연상되는 풍경이 있다. 그 풍경의 중심에는 작지만 아기자기한 정원을 품고 있는 마당이 있다. 바비큐 그릴에는 꼬치가 올려져 있고, 커다란 테이블에 사람들이 느슨하게 둘러앉아 웃고 떠드는 그런 마당 말이다. 단독주택 살이 6년 차, 우리 마당에서도 비슷한 시도들이 있었다. 이번에는 바쁘지만 부지런한 회사원 한 명과 시간은 남아돌지만 게으른 프리랜서 한 명이 마당을 갖게 되면서 생긴 일에 대한 이야기다.

푸른 잔디와 정원의 꿈

마당이라 하면 자고로 푸른 잔디밭을 꿈꿀 것이다. 나 역시 마당에 잔디를 깔고 싶었다. 그러나 현실은 꿈과 같을 수 없는 법. 단독주택은 주차 문제를 해결해야 하기에 마당 안에 주차장을 만들면서 어쩔 수 없이 회색 보도블록을 깔았다. 푸른 잔디가 있는 예쁜 카페들을 볼 때면 낭만이라고는 하나 없는 우리 집 마당에 대한 아쉬운 마음이 불쑥불쑥 올라왔다. 물론 그 마음은 이곳에서 맞은 첫 번째 여름에 금방 사라지긴 했지만 말이다.

우리 집 옆에는 공터가 하나 있다. 여름이면 공터에 뿌리 내린 잡초들이 사람 키만큼 자라는 광경을 목격할 수 있다. 잡초들이 어찌나 높게 자라는지, 흡사 작은 아마존 느낌이다. 보도블록을 깐 마당에도 한 귀퉁이를 뚫고 잡초 하나가 자라기 시작했는데, 어느 순간 거의 묘목처럼 변해 있어 경악한 적이 있다. 결국 그 잡초 녀석은 가위로 잘라냈지만 굵고 억센 수준이 가위 날을 상하게 할 정도였다. 그 속에는 이미 곤충들의 작은 생태계가 형성되어 있었다. 문득 마당이 잔디였다면 우리는 마당을 지날 때마다 한 손에 낫을 든 채 아마존 정글을 헤쳐나가야 했을지도 모른다는 생각이 들었다.

이런 이유로 잔디까지는 무리였다 하더라도, 뭔가 푸릇푸릇한 것을 만들려는 시도는 매년 있었다. 첫해에는 식용 식물들을 키웠다. 바질, 로즈메리, 애플민트, 케일, 로메인이 그 주

175

인공이었다. 나름 부가가치가 높은 (마트에서 쥐꼬리만 한 양을 비싸게 파는) 것들로 구성했다. 부지런한 동생이 아침마다 물을 주고 정성을 쏟아서 낙오되는 애들 없이 고루고루 풍년을 이루었다. 저음 기울 때만 해도 이들이 유난히 비싸게 팔리는 것을 이해할 수 없었지만, 키워보니 왜 그렇게 조금씩 판매하는지 납득이 되었다. 식물은 폭발적으로 자라나 화분 밖으로 넘쳐흐르는데, 정작 요리할 때 필요한 양은 쥐꼬리만 하다. 믹서기에 딸기와 바나나, 우유, 얼음을 넣고 만든 딸바 주스에 애플민트 잎 단 한 장만 올리면 충분하다. 로즈메리는 또 어떤가. 스테이크 한 덩어리에 두 줄기면 된다. 부지런히 활용했지만, 수요가 공급을 따라가지 못했다. 그렇게 녀석들은 계속 자라고 또 자랐다.

인생은 한 치 앞도 알 수 없다고 그랬던가? 이들도 이를 피해 가지 못했다. 여름이 되자 긴 장마가 찾아왔고, 갑자기 역병에 걸린 것처럼 한 번의 과습으로 모두 운명했다. 식물을 키워보니 물이 부족한 것보다 과습이 훨씬 무섭다. 다른 동네의 식물들도 마찬가지였는지, 우리 집 바질이 죽은 후 바질 가격이 폭등했다는 소식이 들려왔다. 용도를 잃고 흙만 덩그러니 남은 화분들은 그 후로 몇 개월 동안 방치되었다. 화분에 식물을 심는 건 재밌지만, 화분의 흙을 처리하는 건 정말 재미가 없다.

식용식물은 생각보다 활용도가 낮다는 경험치가 쌓이자 다음 해에는 잉글리시 라벤더를 심었다. 몸값이 비싼 유주나무⁕도 하나 데려왔다. 까만 벽돌로 되어 있는 우리 집과 보라색 라벤더는 환상의 조합이었다. 집으로 걸어오다 보면 멀리서도 보랏빛 라벤더와 푸른 유주 나뭇잎, 황금빛으로 주렁주렁 매달린 유주들이 한눈에 들어온다. 우리 집의 풍경이 가장 아름다웠던 때였다.

두 나무는 가지를 칠 정도로 잘 자랐지만, 화분에 심은 것들은 어쩔 수 없는 수명이 있는 건지 결국 찬란한 한 때를 보내고 운명했다. 현재는 텅 빈 화분 몇 개와 큰 나무 한 그루만 남았다. 전 주인 할아버지가 마당에서 키우던 나무인데 마당 주차장 공사 때 그다지 예쁜 나무는 아니라서 그냥 잘라버리려 했지만, 식물을 사랑하는 엄마가 한쪽 구석으로 옮겨 심어 놓고 임시로 흙을 덮어놓았다. 흙이 부족해서 뿌리가 밖으로 드러난 상태라 곧 죽을 것이라고 모두가 예상했지만, 며칠 후

🏠 여름부터 꽃이 서너 번 피고 자가결실로 열매를 맺어 인테리어 식물로 인기가 좋다. '유주'라는 명칭은 일본식 표현이고 원래는 사계귤나무다. 사실 나도 처음 안 사실이다. 앞으로 우리말을 씁시다!

에 새잎이 돋아나기 시작했다. 물도 주지 않고, 관심도 주지 않은 상태에서 이 나무는 3년을 꿋꿋하게 살아냈다. 엄마는 이 나무의 '생존력'을 높이 평가해 최근 초대형 화분에 옮겨 심은 후 당딩히 우리 집 마당 안에 입성시켰다. 현재 이 나무는 우리 집 마당에서 자신의 존재감을 꽤 뽐내며 한자리 차지하고 있다.

바비큐 파티, 로망은 로망인 채 남겨두기

바비큐 파티는 보광동에서 한 번, 여기에서도 두어 번 해본 것이 전부다. 독서모임이 정동에서 이곳으로 자리를 옮기고 어느 정도 안정화되었을 때, 마당에서 독서모임 멤버들과 고기를 구워 먹기로 했다. 이번에는 제대로 바비큐 파티를 해보겠다고 대형 그릴과 숯, 목장갑까지 구매했다.

대망의 디데이, 바비큐 그릴에 다이소에서 사 온 숯을 넣고(다이소는 정말 없는 것이 없다), 긴 라이터로 불을 붙였다. 그런데 불이 붙을 듯 말 듯 하다가 자꾸만 꺼져버리는 것이 아닌가. 준비한 고기양이 많아서 다른 한쪽에서도 전기불판으로 고기를 구웠는데, 바비큐 그릴 팀이 불을 붙이느라 끙끙대는 동안 전기불판 위의 고기는 지글지글 구워지고 있었다(순간 쓸데없는 경쟁심이 발동했다).

결국 토치까지 구해와서야 숯에 불을 붙일 수 있었고, 다행히도 한 번 붙은 불은 화력이 대단했다. 전기불판 팀이 여유롭게 와인을 마시며 고기를 음미할 동안, 그릴 팀은 쪼그려 앉아 불길과 연기와 싸워야 했지만, 불맛이 배어든 고기 맛은 전기불판과 비교할 바 아니었다. 그럼에도 단언컨대 고기는 전기불판이다. 그 모든 수고로움을 종합하면 전기불판이 좋다는 결론이다. 숯과 고기 찌꺼기가 들러붙은 그릴은 설거지하기도 여간 어려운 게 아니었다. 우리는 결국 그릴을 두 달식이나 방치했고, 그 이후 마당에서 그릴을 본 자는 없다.

일상으로서의 마당

앞에서 말한 이유들로 우리 집 마당에는 푸른 잔디도 없고, 바비큐 파티도 열리지 않는다. 아무 이벤트도 없는, 일상의 마당을 누리기 시작한 사람들은 1층의 S와 H였다. 볕이 좋은 날, 마당에서 좋은 음악 소리가 흘러나오길래 창밖을 내려다봤더니 둘이 마당 캠핑의자에 편안히 기대앉아 책을 읽고 있었다. 2층에서 바라보는 이들의 모습은 그림처럼 예뻤고, 나도 그 그림에 동참하기로 했다.

마당에 테이블과 의자를 펴고, 테이블보를 깔았다. 독서에는 큰 뜻이 없어 대신 노트북으로 글을 쓰기 시작했다. 의자에 엉덩이를 붙이고 노트북을 여니, 시원한 커피 한잔이 간절해졌다. 근처 카페에서 아이스라테를 사 와 다시 의자에 앉았다. 이번에는 노트북이 배터리 부족으로 곧 꺼진다는 경고장을 보내왔다. 다급하게 마당에 긴 콘센트를 끌고 와 노트북을 충전했다. 창고에 있던 야외용 선풍기도 같이 틀었다. 자리를 세팅하기 위해 분주히 움직이는 동안, 이미 해는 중천이 되었고 그늘막 하나 없는 마당은 마치 태양이 작열하는 사막 같았다. 이러다 얼굴이 새까맣게 타겠다는 걱정이 엄습해 선크림을 바르러 집 안으로 들어갔다. 동생이 그동안 에어컨을 틀었는지 집 안은 밖과 다르게 너무도 시원하고 쾌적했다. 순간 집 안에 머물고자 하는 욕구가 강렬하게 솟구쳤지만, 지금까지 한 노력이 아까워(게으른 나에게는 쉽게 오지 않은 분주함이었다) 마음을 다잡고 다시 마당으로 향했다. 이를 본 동생이 '마당에서 무슨 수행 하냐'라고 비웃었지만, 나는 꿋꿋이 나만의 마당 타임을 가졌다.

마당 타임은 분명 좋았지만, 정수리에 90도로 내리꽂히는 태양이 문제였다. 마당을 활용하려면 그늘막이 필수였다. 급하게 인터넷을 뒤져 삼각형 모양의 방수 그늘막을 주문했다.

분명 베이지 컬러라는 설명과 사진을 확인했건만 촌스러운 개나리색이 왔고, 시뮬레이션까지 하며 치밀하게 계산한 그늘막 거는 각도는 다소 애매한 모양을 만들어냈다(계산과 거리가 먼 나로서는 그래도 걸린 게 다행이다).

지금 나는 그 그늘막 밑에서 이 글을 쓰고 있다. 그늘이 생겼다고 좋아하기도 잠시, 오늘은 꽃가루가 펄펄 날린다. 하나의 문이 닫히면 다른 문이 열린다는 데, 하나를 극복하니 또 다른 시련이 왔다(분명 긍정적인 명언이었던 것 같은데). 이렇게 인스타 피드에 뜨는 완벽한 마당과는 또 한 발 멀어졌지만, 이 정도로 만족하기로 했다. 장마가 시작되기 전, 이 짧고 소중한 기간 동안 매일 마당을 누릴 수 있길. 오늘도 이렇게 마당에서 인생을 배우는 중이다.

정원의 꿈이 다소 소박해졌지만,
몸값 비싼 유주나무와 잉글리시 라벤더, 그리고 각종 작물 덕에
회색 보도블록 마당에도 생기가 생겼다.

독서모임 9주년 기념으로 마당에서 바비큐 파티를 했다.
고기를 굽고 와인을 따고 케익에 초를 부치고,
꽤 그럴싸한 우리만이 LA 파티장 같았다.

마당을 완벽하게
누리는 방법 2

프라이빗과 소셜 그 중간

우리 집에는 사랑방 같은 마당이 있다. 오롯이 혼자 바깥 공기를 맡으면서 감나무와 하늘을 바라보며 쉴 수 있고, 우연히 함께 사는 누군가를 약속 없이 마주칠 수도 있는 그런 공간이다. 볕 좋은 날은 각자의 공간에서 벗어나 아이스커피 한 잔 마시면서 별일 없이 서로를 바라보다 다정한 대화를 나누기도 한다. 멀리 나가고 싶지는 않지만, 집에 있고 싶지는 않을 때 마당은 바깥 세계와 연결해주는 곳으로 자주 애용된다. 특히 여럿이 함께 사는 우리에게는 타인을 위해 마음 한 켠을 열어 둘 수 있는 꼭 필요한 공간이다.

기억을 돌려보니 예전에도 비슷한 경험이 있었다. 22살, 스페인 세비야에서 단기 어학원을 다니던 시절이었다. 내가 살던 곳은 셰어하우스로 이탈리아 여자 한 명, 포르투갈 남자 두 명, 독일 남자 한 명 그리고 한국인 여자인 나까지 총 다섯 명이 함께 살았다. 세비야 미술관 옆의 5층짜리 나지막한 아파트의 2층 집이었는데 테라스에서는 맞은편 미술관 앞 공원인 플라자 델 무세오Plaza del museo를 볼 수 있었다. 집주인은 호스트가 처음이라 모든 것이 서툴렀고 초반에는 인터넷 연결도 제대로 되지 않아 3주간이나 꽤 답답한 생활을 해야 했다. 물 없이는 살아도 인터넷 없이 살 수 없던 세대였기에 주로 집 앞 공원을 애용했다. 공원에는 공공 와이파이가 있었기 때문이다. 물론 아주아주아주 느렸지만, 그 당시 우리에게는 가뭄의 단비 같았다. 그렇게 입주하자마자 3주를 공원 와이파이에 기대어 살았다.

어학원 수업을 마치고 집으로 돌아올 때면 혹시 룸메이트들이 공원에 어슬렁거리고 있는지 훑어보고는 했다. 어떨 때는 네 명 모두 공원에 나와 있기도 했다. 같이 살지만, 함께 살기 시작한지 얼마 되지 않았던 시기라 서로 친하지 않았던 우리에게 공원은 사랑방 같은 역할을 해주었다. 공원 입구에서 서로의 이름을 부르며 집으로 곧 들어가겠다는 손짓을 보내거나 집으로 바로 들어가는 대신 룸메이트의 옆자리에 앉아 가볍게 이야기를 나누며 서로의 안부를 물었다.

만약 인터넷이 처음부터 잘 되었다면 우리는 모두 바쁜 하루를 보내고 각자의 방에서 인터넷을 하며 쉬고 있었을 것이다. 이렇게 마주 보며 대화하는 게 쉽지 않았을지도 모른다. 내화 대신 서로에게 방해가 되지 않도록 조용히 방문을 닫아버렸을지도. 집 앞 공원은 소셜 공간이 되어주었고 그곳에서의 비정기적인 우연한 마주침은 서로를 향한 마음의 벽을 허물어주었다. 비웃을지 모르지만, 인터넷이 안 되는 상황이 동질감을 넘어 묘하게 전우애까지 느끼게 해주었다.

3주 뒤, 극적으로 인터넷이 연결되었고(신청한지 하루 만에 초고속 인터넷을 연결해주는 한국과는 참 다르다), 우리는 거실 소파에 나란히 앉아 인터넷 연결 기념으로 폴라로이드 사진을 찍었다. 인터넷이 안 된 3주는 함께 살게 된 낯선 사람들과 친해질 수 있는 완벽한 시간이었다.

함께 사는 집(단 두 명이라고 하더라도)에는 이런 마당 같은 공간이 필요하다. 물론 마당을 가질 수 없는 아파트에서는 거실이 그런 기능을 하고 있지만 혼자서 멍 때리기도, 여럿이 텔레비전도 켜지 않고 가만히 있기에는 뭔가 불편하고 답답하다(어디까지나 내 기준에서는 그렇다). 그래서 내가 살고 싶은 집의 이미지를 떠올리면 그 중심에는 늘 작은 마당, 중정中庭이 있다. 그 작고 고요한 곳에는 낮은 물이 졸졸 흐르고 한두 그루의 나무와 작은 야생 꽃들이 피어 있다. 중정의 모든 것들은 느리게 살랑거려서 밖에서는 거셌던 바람마저도 이곳을 통과할 때만은 잔잔해진다. 함께 사는 사람들은 밖에서 어떤 일이 있었든 이곳에서만큼은 머리 위로 작게 뚫린 하늘을 보며 하루를 차분하게 시작하거나 마무리할 수 있다. 그렇게 혼자 있기에도, 갑자기 누군가가 옆자리에 동석한다고 해도 뾰족해지지 않고 온정이 들 수 있는 곳을 집 한 쪽에 두고 싶다.

지금 살고 있는 대방동의 마당은 함께 사는 우리뿐만 아니라 동네 주민들도 오며 가며 볼 수 있는 오픈된 공간이다. 가끔은 행인들과 눈이 마주치는 것이 불편하기도 하지만 여럿이기에는 피곤하고 혼자 있기에는 외로울 때 마음의 문을 살짝 열어두고 밖에 나가 앉아 있으면 답답한 마음에 선선한 바람이 들어와 마음에 여유를 가져다준다. 그렇게 우리는 오늘도 커피 한잔, 와인 한 병과 함께 때로는 왁자지껄하게 고기도 구워가며 나와 타인의 연결 공간인 마당과 함께 살고 있다.

마당을 완벽하게
누리는 방법 3

계절이 느껴지는 곳

여름에 막 접어든 6월에 독립해서 보광동으로 이사 와 처음 맞는 겨울이었다. 단독주택의 겨울은 예상보다 춥고 할 일이 많다. 여름 내내 신나게 심었던 작물들은 차가운 바람에 노랗게 말라 죽어 작물들을 뿌리째 뽑아내고 화분은 창고에 쌓아 마당을 정리하는 작업이 필요하다. 하지만 미루고 미루다 결국 다음 해 봄이 되어서야 새로운 작물을 심으며 정리 겸 새 단장을 한다. 덕분에 겨울 동안 마당은 시들시들하게 죽은 작물들로 을씨년스러운 분위기였다.

2016년 겨울은 눈이 참 많이 왔다. 부모님 댁에 살 때는 밤새 눈이 와도 우리가 할 일은 아무것도 없었다. 집을 나설 때면 집 밖의 눈은 이미 누군가에 의해 깨끗이 치워져 있었다.

하지만 눈 쌓인 보광동 마당은 우리의 관할이었다. 이 집에서 첫눈을 맞았을 때는 오로지 우리만 들어올 수 있는 마당에 수북하고 뽀얗게 쌓인 눈이 너무 예뻐 한 발 한 발 정성스레 밟아보기도 했다. 마치 프라이빗한 수영장이 마당에 생긴 것 같은 느낌이었다. 고양이 발자국이 마당 귀퉁이에 촘촘히 먼저 생겨있기는 했지만, 그 발자국을 보며 웃던 순간도 소소하지만 오래도록 따뜻하게 기억에 남는 장면이다.

쌓인 눈은 빨리 치우지 않으면 어설프게 녹아, 어느새 내려간 기온에 얼음이 되고 만다. 왜 눈이 보슬보슬할 때 빗질을 해야 하는지 알면서도 우리는 종종 때를 놓쳐 마당을 빙판으로 만들곤 했다(절대 게을러서는 아니다). 그러면 넘어지지 않으려고 엉거주춤 마당을 걷는 우스갯스러운 우리의 모습을 볼 수 있다.

추위가 오래가면 바닥도 얼고 지붕도 언다. 처마 밑에는 고드름도 열린다. 시골에서나 보던 풍경을 생각보다 쉽게 마주하곤 한다(요즘은 시골에서도 보기 힘든 풍경이다). 까치발을 들면 천장에 손이 닿을 듯한 낮은 층고의 단독주택이라 현관 처마에 내려온 고드름이 머리에 닿을 듯했다. 길게 얼은 고드름을 똑 떼어 내면 손끝에 전해지는 겨울의 온도가 오롯이 몸에 새겨진 듯 선명하게 느껴진다.

단독주택은 열을 잡아주는 윗집, 아랫집, 옆집이 없어서 외출하고 집에 들어오면 바람만 불지 않는 실외 같은 느낌이다. 집에 들어와도 뽀얀 입김은 한동안 계속되고 외투를 벗기가 쉽지 않다. 난방을 틀어도 위 공기까지 훈훈해지는 데는 오랜 시간이 걸린다. 공기가 따뜻해지기 전에 바닥이 먼저 뜨거워져 공기가 훈훈해질 때까지 기다리다가는 데워진 구들장 위에 서 있는 거 마냥 발바닥에 화상을 입을 것만 같다.

그럼에도 단독주택의 겨울은 낭만이 있다. 낮이 짧고 밤이 길어 이른 저녁부터 깔리는 어둠이 겨울의 낭만을 재촉한다. 그럴 때면 어묵탕을 가득 끓여 서로의 술잔을 기울인다. 적당히 술기운이 올라오고 분위기가 차오르면 차디차던 집 안 공기는 어느새 사라지고 집 전체가 후끈해질 정도다. 우리의 뺨이 발그스레해질 때쯤이면 다들 마당으로 나가 차가운 공기로 열을 식히곤 한다. 그때의 시원하고 차디찬 밤공기가 참 좋다. 마당에서 올려다본 오래된 서울의 골목과 가로등, 삐뚤빼뚤 겹겹이 쌓여 있는 낡은 집들, 그 모든 것들이 이 집의 소소하지만 아름다운 겨울 풍경이다.

비 오는 날에는 빗소리가 청각을 자극하고, 눈이 오면 보슬보슬한 눈의 촉감이 손끝을 자극하고, 햇살이 강하게 내리쬐는 눈부신 날에는 시각을 자극하는 이 집은 계절을 모두 흡수해버리는 것 같다. 마치 계절이 집을 그대로 통과하는 듯 적정 실내온도 24도를 유지하는 날이 없다. 덕분에 곱절은 몸이 불편하고 귀찮지만, 단점조차 좋아지게 하는 게 이 집의 계절 풍경이다.

시골에서나 보던 처마 밑 고드름이 정자매 하우스에 열렸다.
손끝에 전해지는 겨울의 온도가 선명하게 느껴진다.

봄봄봄

꼬마를 위한 여름 풀장

가을을 알리는 곶감 데커레이션

함박눈을 반기는
겨울의 정자매 하우스

긴급 돌봄
서비스

집에 찾아온 시련[*]

집에는 층마다 몇 번의 시련이 지나갔다.

대방역까지 들리는(놀랍지만 실제로 들리는 데시벨이다) 깔깔
거리는 웃음소리가 잦아들고 집에는 조금 짠한 음악들이 울
려 퍼졌다. 이소라 언니, 정승환 동생, 곽진언 오빠(였으면)의
노래가 차례로 울려 퍼졌고 뒤척이는 불면의 밤들이 이어졌
다. 기분 좋아서 마시는 술은 사라지고 침묵과 위로의 술만이
밤새도록 잔에 채워졌다.

그쯤 우리들은 각자의 힘듦을 바라보다 '긴급 돌봄 서비

♠ 여기에 등장하는 시련과 이별은 사실이나 구체적인 내용은 사생활이
라 실제와는 무관합니다.

스'를 제안했다. 코로나로 인해 아이들이 등교가 힘들어지자 맞벌이 가정 등에 돌봄이 어려운 아이들을 대상으로 교육부와 시도 교육청에서 긴급하게 돌봄 서비스를 제공한다는 뉴스에서 착안한 것이다.

몸집만 큰 어른들도 마음의 '긴급한 돌봄'을 필요로 한다. 이별과 시련이란 결국에는 혼자 이겨내야 할 과정이라고 하더라도 때로는 혼자 있기에는 버거운 날들이 있기 마련이다. 그럴 때 아무 말 없이 누군가가 곁에 있었으면, 함께 술이라도 마셔줬으면, 또는 잠시라도 모든 것을 잊을 수 있게 왁자지껄하게 떠들어줬으면 할 때가 있다. 우리는 그럴 때 서로에게 문자를 보내기로 했다.

문자로 '긴급 돌봄'이라는 네 글자만 보내면 누군가 달려가 곁에 있어주기로 했다. 평소 계획되지 않은 약속 따위가 끼어들 틈 없이 바쁘고, 번개란 것도 한참 뒤에 만날 약속을 급하게 잡는다는 의미로 사용하는 우리에게 긴급 돌봄 서비스는 참신한 제도였다. 물론 긴급 돌봄 서비스를 신청할 때는 요청이 수락되지 않을 수 있는 가능성도 존재했다. 상대가 취소할 수 없는 선약이 있을 수도 있고 컨디션이 안 좋을 수도 있으며 만나기에 너무 늦은 시간이거나 너무 먼 거리일 수도 있다. 하지만 우리는 한 집에 살다 보니 일단 시간과 거리에 대한 부담감은 없었다.

　멀리 사는 친구를 밤늦게 급하게 불러내기란 여간 용기가 필요한 일이 아니다. 특히 태생적으로 남에게 민폐를 끼치고 싶어 하지 않은 성격인 사람들에게는 타인에게 폐를 끼치는 것이 외로움을 처절하게 혼자 견디는 것보다도 더 힘든 일이다. 그런 서로를 너무 잘 알기에 우리는 문자 내용에 '긴급 돌봄' 외에 '혹시', '괜찮다면', '안 바쁘다면', '죄송합니다만'과 같은 미사여구는 붙이지 않기로 했다. 남에게 폐 끼치는 것을 못(안) 하는 우리에게 반드시 필요한 조항이었다. 그럼에도 아무도 서비스를 이용하지 않을 것 같아서 각자에게 '폐 끼치기 1회 쿠폰'까지 발행했다. 꽤 괜찮은 아이디어라고 생각했다.

　"근데 그딴 쿠폰을 발행한다는 것부터가 폐 끼치고 싶지 않다는 거야."

　백번 맞는 말이라 반박하지 못했다. 그만큼 타인에게 나의 결핍에 대해 적극적으로 도움을 요청하는 것은 꽤 큰 용기가 필요한 일이다. 무엇보다 그 전에 스스로가 힘든 상태임을 인식할 수 있어야 한다. 우리 대부분은 괜찮다고 착각하거나 괜찮은 척 살아간다. 설령 인식을 한다 해도 요청했을 때 거절

당할 수도 있다는 위험을 감수해야 한다. 그만큼 긴급 돌봄 서비스는 솔직함과 내려놓음이 동반되어야 하는 꽤 난이도 높은 아이디어였다. 이런저런 난관이 명확히 예상되었지만 일단 우리는 '같이의 힘'에 조금 기대어 보기로 했다.

서비스의 최초 이용자는 H였다. 그 당시 만나던 여자친구와의 이별의 과정이 꽤 힘들었던 H는 나날이 얼굴이 헬쑥해지고 몸은 점점 말라갔다. 6년을 알아왔지만 한 번도 본 적 없던 날렵한 턱선이었다. 그런 H를 곁에서 안타깝게 지켜보던 S는 종종 마당에서 브런치를 그와 나누었다. 심리 상담가인 S는 정신(상담)과 육체(따뜻한 집밥), 양면으로 그를 돌봤다.

H는 주로 독서모임 시간에만 이 집을 방문했으나 이별 후에는 그보다 더 자주 머물렀다. 잠시지만 H의 많은 책을 둘 곳이 필요했고, 사용하지 않던 옥탑방이 딱이었다. 마음의 시련에는 가끔 육체의 피로가 도움이 될 때가 있다. 언니와 나는 H와 함께 을지로에서 장판과 페인트를 구매해 옥탑을 정비하기로 했다. 그때까지 옥탑은 갈 곳 없는 예쁜 쓰레기들의 집합소였는데, H의 이별을 계기로 새롭게 태어났다. 확신하건대 H의 이별이 없었다면 옥탑은 지금까지도 건드리고 싶지 않은 공간으로 남아 있었을지도 모른다. 그렇게 옥탑은 자

주 드나드는 장소로 변했고, 우리 넷의 관계도 조금 더 가깝게 서로를 넘나들게 되었다.

'내 마음 잔잔한 호수같이'를 외치며 평온한 나날을 보내던 나에게도 시련은 찾아왔다. 나의 시련은 어느 정도 예견된 것이었기에 도움을 요청하기도 전에 그들은 준비되어 있었다. 밤새 흘린 눈물에 팅팅 부은 눈은 떠지지도 감기지도 않고, 해가 떴는데도 눈을 뜨고 싶지도 않고 그렇다고 잠이 들지도 않는 괴로운 아침을 보내고 있을 때 S가 찾아왔다. 아침 10시가 조금 넘은 시간이었다. 그녀는 여명팔공팔과 커피를 들고 2층 벨을 눌렀다. 함께 살지 않았다면 만나는 것조차 어려운 시간이었을 텐데, 그날 아침이 어떠한 밤보다 혼자서는 견디기 어려웠던 나에게 너무나 감사한 방문이었다.

그렇게 나는 어른이 되고 내가 기억하는 선에서 거의 처음으로 타인 앞에서 어린아이처럼 엉엉 울었다. 한참을 소리 내어 울고 나니 비로소 덩어리진 마음의 한 부분이 뚫리는 기분이 들었다. 혼자는 해결되지 않는 머릿속을 가득 채운 수많은 질문들은 S와 함께 이야기를 나누며 풀어갔다. 농담과 진심, 비판과 응원, 차가움과 따뜻함이 뒤섞인 대화였다.

그 후로도 S의 돌봄은 몇 번이고 계속되었다. 어떤 날은 늦은 아침 숙취로 침대에서 괴로워하고 있는 나를 어떻게 알았는지 2층 현관문 앞에 여명팔공팔이 담긴 편의점 비닐봉지를 걸어두고 갔다. 바스락거리는 검은 비닐봉지 사이로 뽀얗고 말캉한 S의 마음이 보여 울컥한 마음이 들었다.

여명을 살짝 현관 앞에 밀어 넣고 가니 속을 챙기시오, 그대.

입주민은 아니지만, 함께 오랫동안 독서모임을 진행해온 Y에게도 시련이 찾아왔다. 난생처음 만나보는 인간 유형을 회사에서 만난 그녀는 입사 이래 가장 힘든 시기를 보내고 있었다. 어느 날 그녀가 조심스럽게 '긴급 돌봄'을 요청했다. 우리는 양손 가득 와인과 음식을 들고 그녀의 집으로 향했다.

"아이고~ 어찌 견뎌내고 계시나?"

우리의 시그니처 인사말인 '아이고~'는 늘 웃음과 함께 시작된다. 허허실실 웃으며 서로를 살피고 우리는 그렇게 밤늦도록 그녀의 곁에 있어주었다. 더 정확히 말하면, 그녀가 우리에게 그녀의 곁에 있어줄 기회를 주기 위해 용기를 내어준 것이다.

어느 날 답답한 마음에(역시 연애 문제다) 아침부터 S에게 도움을 요청했다. 동네 커피숍에서 아메리카노를 테이크아웃한 후, 언니와 나, 그리고 S는 마당에 둥그렇게 자리를 잡고 앉았다. 심란한 마음과는 달리 아침부터 볕이 너무 좋았다. 심각한 이야기를 하고 있었지만, 마당 너머의 감나무가 바람에 따라 만들어내는 소리와 그림자가 아름다웠다. S는 나의 자초지종을 들은 후(짧은 단위로 빠른 업데이트가 되고 있었기 때문에 길게 설명할 필요가 없었다) 한동안 이야기를 나눠 주었다.

그 후 여러 날이 지났지만, 아직도 그날의 기억이 선명하다. 마당에 나란히 앉아 아침 햇살을 받으며 이야기할 때 느끼진 그 기분 좋은 바람, 햇살, 흔들리던 나뭇가지, 그리고 서로를 향해 조금씩 기울였던 몸짓까지. 그때 난 조용히 그 장소에서 벗어나 미래에서 온 나의 시선으로 우리들을 바라봤다. 살다가 반드시 그리워질 어떠한 순간이었다.

대방동으로 이사 오지 않았다면, 이 사람들과 같이 살지 않았다면 어땠을까. 마음은 가깝지만 몸은 멀리 떨어져 있는 친구들은 늘 아쉽고, 몸은 가깝지만 마음은 전혀 가깝지 않은 이웃들은 우리를 외롭게 한다. 이렇게 몸이 곁에 있는 사람들과 마음마저 나눌 수 있다니 얼마나 감사한 일인가. 오늘도

'혼자'라는 길 위에 때때로 곁에 머물러주는 이들이 있음에 감사한다. 이곳에서의 특별할 것 없는 이 평범한 하루들이 언젠가 세월이 흘러 각자가 또 다른 삶을 살고 있을 때 너무나 생각날 것 같다. 그렇게 나는 영원히 잊히지 않을 곳에 그 순간을 박제해 넣어두었다.

무심히 건네는 말과 그에 반해 다정하게 차려진 브런치는
마당에 내리는 따뜻한 햇볕처럼
차가운 시련을 견뎌내게 하는 시간과 같았다.

서울 한복판에서
곶감을 만들다

이번에는 뭘 해볼까?

꼼지락대던 우리의 레이더망에 창밖의 감나무가 포착되었다. 얼마 전까지만 해도 나뭇잎 사이로 언뜻언뜻 주황빛이 비치는 정도였는데 어느새 감들이 주렁주렁 달려 있었다. 감이 익기 시작하자 까치를 비롯하여 여러 새들이 신나게 감을 쪼아먹기 시작했다. '저 조그만 부리로 먹어봐야 얼마나 먹겠어'라고 생각했는데 오산이었다. 새들이 몇 번 머리를 박고 먹다 보면 그 큰 감이 금세 반쪽이 되는 것이다. 심지어 주황색으로 잘 익은 부분만 골라 먹는 것이 아닌가. 이 감 저 감 전부 집적대는 모습을 지켜보고 있자니 마음에 들지 않았다. 동생과 몇 번이고 '내일 감을 따자'고 다짐했지만, 그 '내일'은 쉽게 오지 않았다.

감 따기 1차 시기: 2020년 10월

1차 감 따기는 매우 즉흥적으로 시작되었다(이런 일들은 즉흥적으로만 할 수 있다). 잠옷 차림으로 막 집밥을 해서 먹고, 기분 좋게 배를 두드리던 차였다.

> 작은정   지금 따러 갈까?
> 큰정   그럴까?

오래전에 배송되어 택배 상자 그대로 방치해둔 5미터짜리 감 장대도 조립하고, 담을 넘기 위해 사다리도 설치했다. 문제는 (용감한) 동생은 높은 사다리를 성큼성큼 올라가 담 너머로 빠르게 안착했지만, (세상 제일 쫄보인) 나는 사다리를 몇 계단 올라서 보지도 못한 채 다리가 부들거려 움직일 수 없었다. 사다리에 오르는 것은 생각보다 무서웠다. 그렇게 1차 감 따기는 동생이 혼자 다 했다(쏘리).

바구니 하나에 가득 담길 정도로 감을 따고 난 뒤에 우리가 할 일은, 그렇다 시식이다(이런 일에는 아주 재빠르다). 그런데 이게 웬걸? 달콤하고 아삭한 단감의 맛을 기대했는데 떫어도 그렇게 떫을 수가 없었다. 급하게 인터넷으로 찾아보니 단감이 익는다고 홍시가 되는 것이 아니었다. 단감용 감과 홍시용 감은 종자가 달랐고, 우리가 딴 감은 홍시용으로 딱딱할 때는 엄청나게 떫고 말랑하게 익어가면서 당도가 급격하게 올라가는 감이었다.

의도치 않게 계획에도 없던 홍시 만들기에 돌입했다. 딴 떫은 감을 베란다에 나란히 놓자 30대 두 자매가 사는 집은 구수하고 정겨운 시골 할머니 집 풍경을 보였다. 그런데 꽤 오랜 시간이 흐른듯한데, 감은 홍시로 변할 생각이 없어 보였다. 다행히도 별나게 떫은 감을 좋아하는 아빠가 있어 효도하는 마음으로(감 처리가 우선이었던 건 안 비밀) 부모님 댁으로 모두 보냈다.

감 따기 2차 시기: 2020년 11월

1차 시기 후 머지않아 다시 감 따기에 돌입할 줄 알았지만 역시나 게으름은 우리를 실망시키지 않았다. 우리는 한 달이 훌쩍 지나서야 감 따기를 재개하기로 마음먹었다(서로를 너무 과대평가했다). 잎들은 눈에 띄게 쪼그라들고 꽤 많은 감들이 홍시로 변하고 있었다. 더 지체하다가 홍시가 되면 장대로 딸 수 없겠다는 판단이 들어 2차 감 따기도 즉흥적으로 진행되었다.

나는 이번만큼은 반드시 담을 넘겠다고 다짐했지만, 내 키만큼 올라가니 몸이 얼음처럼 굳어 움직이지 않았다. 위험한 순간에는 주마등처럼 옛일이 지나간다고들 하는데, 원숭이처럼 잽싸게 사다리를 올라 담을 넘는 동생의 뒷모습을 보니 불현듯 어린 시절 가족들과 놀이공원에 갔던 기억이 떠올랐다. 가족 중 (유일하게 용감한) 동생 혼자만 롤러코스터를 타겠다고 떼를 썼는데, 부모님이 동생 혼자 태우기는 불안하다며 나를 동생과 같이 태웠다(이날 알았다. 나의 겁은 부모님으로부터 물려받은 것이라는 걸). 어찌나 무서웠는지 롤러코스터가 수직으로 하강하는 구간에서는 순간적으로 단기 기억상실이라도 온 것처럼 머릿속이 새하얘졌다.

그 후로 20년은 더 흘러 몸은 자랐지만, 간은 전혀 커지지 않은 모양이다. 결국 나는 이번에도 담을 넘지 못했고, 사다리에 어정쩡하게 걸터앉은 채로 감을 따는 동생의 모습을 지켜볼 수밖에 없었다. (동생 혼자) 한 바구니 가득 감을 따고, 2차 시기 종료.

감 따기 3차 시기: 2020년 11월

얼마 지나지 않아 완연한 겨울이 왔다. 빠른 계절의 흐름에 감을 딸 수 있는 마지막 기회라고 여겨 작업복을 챙겨 입었다. 그리고 드디어 담 넘기에 성공했다. 장비 빨이라고 했던가? 확실히 제대로 챙겨 입으니 마치 전문가라도 된 듯 마음가짐부터 달라지는 것 같다. 장대 끝에 육손이(?) 같은 장치가 달려 있는 감 장대는 듣던 대로 꽤 무거웠다. 감을 육손이 속으로 쑥 밀어 넣고 빙그르르 돌려주면 감이 가지에서 떨어진다. 톡 하고 떨어지는 그 손맛에 빠져 무아지경으로 감을 땄다. 홍시를 잘못 건드려 홍시 폭탄을 맞기도 했지만 수확하는 기쁨은 이루 말할 수 없었다. 감나무 꼭대기에 있는 감들은 새들의 마지막 만찬을 위해 남겨놓고 감 따기를 성황리에 마쳤다.

12월, 곶감 만들기

무서운 사다리를 극복해가며 그렇게 열심히 땄건만 베란다로 직행한 감은 그곳에서 방치되고 있었다. 친구들이 놀러 올 때면 이 집의 기념품처럼 감을 들려 보냈지만 감은 도통 줄어

들지 않았다(대체 얼마나 딴 거야). 그러다 동생이 곶감을 만들어보자는 아이디어를 냈고 그렇게 우리는 생애 첫 곶감 만들기에 돌입하게 된다.

곶감 만들기는 단순했지만 품이 많이 들었다. 먼저 감을 깨끗하게 씻은 후 일일이 칼로 껍질을 깎아야 했다. 고구마 껍질도 까기 귀찮아서 그냥 먹는 나인데, 반쯤 물컹해진 감을 억지로 붙잡아 껍질을 깎으려고 하니 여간 번거로운 것이 아니었다. 껍질을 깎은 감은 소독을 위해 끓는 물에 한 번 데쳐야 하는데, 이 소독 과정을 건너뛰면 수일 내 곰팡이가 펴서 모조리 폐기해야 한다. 마지막으로 동생이 미리 사놓은 곶감 전용 걸이에 하나씩 걸어 공기가 잘 통하는 베란다에 매달아 놓았다. 이제 남은 것은 기다림의 시간이다.

주렁주렁 매달린 감들은 빠른 듯 느린 듯 조금씩 변하고 있었다. 전자레인지에 찬밥을 돌리는 그 3분의 시간도 온전히 기다리지 못해 찬 기운이 씹히는 밥을 먹는 나에게, 이 시간은 참으로 길었다. 일주일 정도 지나자 매끈하던 표면이 쪼글거리기 시작했고, 2주 정도 지나자 반건시가 되었다. 그때부터 외출할 때마다 하나씩 야금야금 빼먹기 시작했는데, 감이 빠르게 비는 것을 발견한 동생이 '곶감 먹기 금지령'을 내렸다. (천적인 나를 피해) 무사히 살아남아 완성된 곶감들은 동생의 손을 거쳐 '크림치즈 곶감 말이'로 힙하게 변신했다. 얇게 편 곶감 속에 크림치즈와 각종 견과류를 넣어 만드는 음식인데, 이만한 와인 안주가 없을 정도다.

곶감 만들기 장기 프로젝트는 도시판 〈리틀 포레스트〉 영화 같았다(아마 서로가 자신이 김태리였다고 생각했을 것이다). 우리는 다음 해에도 곶감을 만들자 결심했지만, 이듬해에는 감나무가 흉작이라 하지 못했고, 세 번째 해에는 옆집 할아버지가 "감 안 따면, 내가 좀 따도 되냐?" 물어보시길래 웃으며 "열 개만 남겨주세요"라고 대답했는데 진짜 열 개만 남겨놓으셔서(!) 하지 못했다. 올해가 감나무와 보내는 네 번째 해다. 과연 올해 곶감을 만들게 될지, 우리도 궁금하다.

2차 감 따기 현장

이제는 감 장대의 육손이를 꽤 자유자재로 다룰 수 있어졌다.

육손이로 두 개 이상의 감을 따는 스킬이란!

자급자족
라이프

단독주택 1년 차, 작은 마당에 각종 모종을 가득 심었다. 파릇한 잎만 있는 상태로 데려온 방울토마토에 처음으로 핀 노란 꽃이 너무 소중해 떨어지지 않도록 날마다 지켜봤다. 뒤늦게 알게 된 사실인데 첫 꽃대를 제거해야 다른 가지에도 골고루 영양이 가 전체적으로 열매가 실하게 달릴 수 있다고 한다. 결국 방울토마토는 영향 불균형으로 크기만 크고 열매는 몇 개 열리지 않았다. 같이 심었던 고추는 물을 많이 주지 말라고 해서 너무 안 줬더니 말라 죽었고, 상추는 어마어마하게 자라더니 짧은 전성기를 누리고 끝이 났다. 예뻐서 하나씩 데려온 꽃 화분들은 한 계절도 제대로 넘기지 못하고 더운 여름 땡볕에 바스러졌다.

바질은 더 참담했다. 처음 심을 때 모종에 달린 잎이 여섯 개 남짓이었는데 결국에는 다 죽고 최종적으로 잎이 스무 개도 자라지 않았다. 그 남은 잎들마저도 시들시들해 먹을 수 없었다. 그 광경을 본 언니가 이럴 거면 모종을 샀을 때 달려 있던 싱싱한 잎이라도 먹는 게 더 나았겠다고 일침을 날렸다. 백번 옳은 말이라 반격하지 못했다. 명백한 흉작이었다.

단독주택 2년 차, 이번에는 방울토마토의 첫 꽃대를 과감하게 잘라내고 물도 정기적으로 주었다. 벌레가 많이 생기는 고추와 관리가 힘든 꽃 화분은 심지 않고 바질과 애플민트 같은 허브류에 집중했다. 결과는 (1년 차 대비) 대풍년! 방울토마토는 주렁주렁이란 표현이 어울릴 만큼 열렸고, 바질은 너무 크게 자라 이러다 나무가 될 것만 같았다. 애플민트는 매일 모히토를 만들어 먹어도 남을 정도였다. 방울토마토 알은 크지는 않았지만 아주 탱글탱글해 신선함이 손끝으로 전해졌다. 물론 마트에서 500그램에 3천 원 하는 큼지막한 대추 방울토마토를 보는 순간 나의 수많은 노력이 주마등처럼 지나가면서 정신이 아득해지긴 했지만, 햇빛 좋은 주말에 탱글탱글한 방울토마토 몇 알과 바질을 뜯어 토마토 파스타를 만들어 먹으니 단전부터 즐거움이 가득 차오르는 느낌이 들었다.

몇 년 동안 마당을 가꾸며 느낀 것은 마당에서 수확한 채소나 허브가 생각만큼 많이 먹어지지 않는다는 것이었다. 키워보고 싶은 작물별로 두 개에서 여섯 개 정도의 모종만을 심었는데도 인니와 나, 그리고 친구들이 먹기에 충분하고도 남았다. 단독주택 1년 차 때 흉작 속에 반짝 전성기를 누렸던 상추를 떠올려보면 무서울 정도로 빠르게 자라나 삼시 세끼 상추를 곁들여 먹어도 남을 정도였다. 그래서 놀러 온 친구들에게 제발 들고 가라며 한 봉지 가득 쥐여주고는 했다. 애플민트는 또 어떤가. 모히토를 만들거나 작은 잎 몇 개 올려 음식의 마지막 비주얼을 담당하기 위해 모종 세 개를 심었는데 목표치 양을 훨씬 넘어섰다.

2년 차에 풍년을 맞은 바질도 필요한 식재료이긴 하지만 내킬 때 바로바로 조금씩 수확해서 먹으려니 신선할 때를 놓치기 일쑤고 양도 많았다. 급하게 배가 고프면 냉장고를 털어 파스타를 휘리릭 만들어 먹는 나로서는 바질은 참 귀한 식재료다. 소스에 바질이 들어간 것과 들어가지 않은 것은 풍미에 큰 차이가 난다. 마치 라면의 대파 같은 존재랄까. 그러나 파는 구하기 쉽지만, 바질은 어렵다. 마트에서 발견했다 하더라도 잎 몇 장이 어찌나 비싼지 사기가 꺼려진다. 말린 바질은 싸지만, 생바질과 그 향의 차이는 비교가 불가하다. 생바질은 손으로 스치기만 해도 집 안 가득 기분 좋은 향이 난다. 이 런 소중한 바질이 나무처럼 자랐고 일주일 내내 신나서 파스 타와 피자를 만들어 먹어도 남아돌았다. 초반에는 아까워서 수확도 잘 안 했더니 이내 어떤 잎들은 좀 거칠어지는 듯했고 노랗게 뜨는 잎들도 생겼다. 텃밭 만들기 1년 차 때는 흉작에 마음이 쓰렸는데 2년 차 때는 남아도는 작물에 고민하고 있다니! 풍년의 기쁨은 잠깐이었고, 이들이 신선할 때 뭔가를 만들어야만 했다.

수확한 바질을 오래도록 맛있게 먹을 방법을 고민하다 바질 페스토를 만들기로 했다. 바질 페스토는 파스타, 피자, 호밀 빵 어디든 잘 어울리는 만능 소스다. 바질 페스토의 메인은 바질이지만, 엑스트라 버진 올리브 오일, 생마늘, 잣(비싸다), 파마산 치즈(역시 비싸다)가 필요하다. 내게는 바질 빼고는 아무 재료도 없었기에 뭔가 배보다 배꼽이 더 큰 느낌이 들었지만 애써 수확한 바질을 관상용으로 끝낼 수 없었다(완벽함을 위해서는 제이미 올리버의 돌절구도 필요했으나 그것만은 참았다).

재료가 적은 음식일수록 각 재료의 상태가 좋아야 한다. 바질 페스토도 모든 재료가 각자의 역할을 잘해줘야 그 풍미가 살아난다. 잣은 프라이팬에 잘 볶거나 오븐에 구워줘야 하고, 바질 잎은 깨끗하게 씻은 후 물기가 자연 건조되도록 말려줘야 한다. 파마산 치즈는 기분 좋은 짭조름함을 조절해주는데 피자집에 있는 가루 파마산 치즈를 사용하면 진득한 치즈의 풍미 대신 묘한 인공적인 냉장고 향이 난다. 올리브 오일은 향이 좋지 않은 저렴한 것을 사용하면 그냥 망하는 거라고 보면 된다. 그러다 보니 꽤 많은 지출이 발생했다.

이쯤 되니 바질 페스토의 시중 판매가가 궁금해졌다. 검색하자마자 거대한 바질 페스토가 500그램에 1만 원대로 판매되고 있었다. '대추 방울토마토 500그램 3천 원'보다 더 큰 타격이었다. 잠깐이지만 순간 정신이 아득해졌다. 내가 뭐 하고 있는 것인가. 그래도 만드는 내내 집 안에 바질 향기가 가득해서 마음의 상처를 덜어주었다. 올리브 오일과 마늘이 꽤 남아서 병에 같이 넣고 재워두었는데 맛도 있고 유용했다. 파스타를 만들 때 매번 마늘 편을 썰어야 하는 번거로움이 없다는 것이 첫 번째고, 올리브 오일을 잔뜩 머금은 마늘은 프라이팬에서 쉽게 타지 않고 물기로 인한 기름 튀는 현상도 없다. 이후로는 마늘 올리브유는 자주 저장해두고 사용한다. 바질 페스토는 준비된 재료를 믹서기에 모두 넣고 갈아주면 완성된다. 완성된 바질 페스토를 크게 몇 술 떠서 새우와 함께 볶아주었더니 여느 레스토랑 부럽지 않은 음식이 완성되었다. 직접 수확한 재료로 음식을 만드는 것은 언제나 (고되지만) 즐겁다.

방울토마토도 마찬가지였다. 자라나는 방울토마토를 보는 것은 즐거운 일과고 몇 알씩 수확해서 먹는 재미도 좋았지만, 예상과는 달리 먹고 싶을 때 맞춰 순차적으로 조금씩 자라 주는 것이 아니라 눈 깜짝할 사이 대부분 빨갛게 익어버렸다. 수확할 때를 놓치면 물러지거나 떨어져 곤충들의 습격을 받을 게 뻔히 보여 과거에 뼈아픈 흉작을 겪은 만큼 한 알도 놓치고 싶지 않았다. 우선 잘 익은 방울토마토를 서둘러 수확했다. 잔뜩 따고 나니 '어떻게 먹지' 고민되었고, 나 같은 도시형 세미 귀농인에게 로망과 같은 영화 〈리틀 포레스트〉에 나온 홀토마토를 만들어보기로 했다. 수확한 방울토마토를 깨끗하게 씻어 체에 밭쳐 두고, 영화 느낌대로 만들어보고 싶어 다시 영화를 찾았다. 해당 부분만 돌려 본다는 것이 어느새 '여름과 가을', '겨울과 봄' 모두 정주행하고 말았다. 결국 수확한 다음 날 다시 공정을 시작했다.

평소 샐러드에 몇 개씩 넣어 먹거나 파스타할 때 열 개쯤 따서 반으로 잘라 소스에 넣을 때는 많아 보이더니 막상 저장용을 만들려니 양이 부족했다. 준비한 유리병에 가득 담긴 비주얼을 기대했는데 반을 조금 넘는 수확량이었다. 자존심이 상하지만 마트에서 500그램 3천 원 하는 방울토마토 한 팩을 추가로 구매했다. 마트의 토마토는 한숨이 날 정도로 싸고 예쁘고 동글동글했다. 어지러운 마음을 고쳐 잡고 만들기에 집중했다. 요리 초보도 충분히 따라 할 수 있는 쉬운 공정이었지만 생각보다 손이 아주 많이 가는 인내심이 필요한 요리였다. 마트에 파는 홀토마토 통조림이 참 싸다는 생각이 문득 들었다. 뭐든 일일이 만들어 먹는 것은 시간과 비용이 드는 일이다.

그렇게 어렵게 기른 방울토마토와 마트에서 사 온 방울토마토를 잘 씻어 꼭지를 떼고 십자로 칼집을 낸 뒤 끓는 물에 살짝 데쳐내었다. 준비해둔 얼음물에 바로 담가 굴려주니 꽤 쉽게 껍질이 벗겨졌다. 말이 쉽지 사실 이 과정이 가장 귀찮다. 껍질을 제거한 방울토마토는 다시 끓는 물에 넣어 약불에 3분 정도 끓이면 된다. 불을 끄고 국물 채로 병에 담아 다시 그 병째로 끓는 물에 소독한 뒤 냉장고에 차게 보관하면 완료.

모든 공정이 끝나고 홀토마토가 유리병에 가득 담긴 모습을 보니 어찌나 뿌듯하던지, 서랍장에 가득 찬 과자를 봤을 때와 비슷한 감정에 뭉클한 감정이 추가되는 느낌이었다. 영화에서는 만든 홀토마토를 냉장고에 차갑게 두었다가 더운 여름날 간식으로 몇 알씩 꺼내먹었지만, 달지도 짜지도 않은 밍밍한 맛과 방울토마토의 탱글함도 없어서 평소에도 물컹한 식감을 좋아하지 않는 내 입맛에는 맞지 않았다. 그보다는 파스타와 피자를 만들어 먹을 때 시판 소스와 섞어서 조리하니 풍미와 식감이 훨씬 업그레이드되었다.

고종 황제가 대사관저에서 미국인들이 땀을 뻘뻘 흘리며 테니스를 치는 모습을 보고 "어찌 저렇게 힘든 일을 하인들을 시키지 않고 귀빈들이 하느냐"라고 안타까워했다는 일화를 읽은 적 있다. 이때 나는 고종의 생활이 참 안쓰러웠다. 그런데 도시인들의 삶도 고종과 비슷하지 않을까. 힘들어 기쁨을 얻기보다는 가능하다면 돈을 지불하더라고 타인의 힘을 빌리고 싶어 한다. 대신 그 시간에 돈을 벌기 위해 더 많이 일한다. 어쩌면 일을 더 많이 하기 위해 일상에서 오는 기쁨을 포기하는 것 아닐까. 나 역시 직접 음식을 만들어 먹는 것은 일주일에 두 번도 채 되지 않는다. 대부분 외식으로 해결한다. 그러다 가끔 사 먹는 음식이 지겨워 음식을 해 먹을 때면 기분 좋은 배부름을 느낀다. 이렇게 직접 만든 바질 페스토와 홀토마토로 만든 파스타는 밖에서 사 먹는 파스타와는 달리 그 투박함이 오감으로 몸에 기억된다.

편안함과 효율성을 추구한다면 단독주택의 삶은 적절하지 않다. 두 달을 매일 신경 쓰며 기른 방울토마토와 슈퍼에서 3천 원에 사 온 방울토마토의 크기만 보더라도 알 수 있다. 주 5일 회사에 다니며 야근까지 해야 하는 회사원에게 단독주택은 상상 이상으로 손이 많이 가는 번거로운 삶이다. 하지만 이미 누군가가 잘 만들어준 완성된 공간에서 편안하게 사는 삶보다 불편하고 어설프더라도 스스로 공간을 만들어가는 것에서 즐거움을 느끼고 싶다면 단독주택은 새하얀 스케치북처럼 뭐든 할 수 있는 가능성의 공간이 되어줄 것이다. 물론 할 일이 많은 만큼 중요하지 않은 것들은 과감히 포기하고 간소화하는 것이 필요하다. 어쩌면 이 일은 우리네 인생에서 가장 중요한 것일지도 모른다.

수많은 종류들의 작물들이 우리의 텃밭을 지나갔고,
이들은 바질 페스토부터 홀토마토까지
새로운 식재료가 되어 우리의 밥상에 올라왔다.

심심한데
김장이나 할까

김장 바보들의 생애 첫 김장 도전기

일이 사라졌다.

프리랜서는 언제 어디서 일이 들어올지 도무지 알 수 없어서 나는 항상 대기 상태에 있다. 빈둥빈둥 놀다가 전화 한 통에 허둥지둥 여권만 챙겨 당장 다음 날 해외 출장을 가기도 한다. 확실한 거라고는 눈곱만큼도 없는 프리랜서 생활이지만 단 한 가지 확실한 것이 있다면 바로, 일이 없어서 없는 정도가 바닥을 쳤다 싶을 때 하늘에서 동아줄이 내려온다는 것이다. 그것도 여러 개가 동시다발적으로(과로와 함께).

이번에도 며칠 놀다 보면 어련히 일이 들어오겠지 생각했다. 일이 들어오면 바로 착수할 수 있도록 노트북도 거북이 등껍질처럼 메고 다녔다. 하지만 전화기는 울리지 않았다. 하루, 이틀, 삼일⋯ 일주일. 대기 상태가 일주일을 넘어가니 불안감이 스멀스멀 올라왔다. 아무도 찾지 않는 상태로 2주가 지나자 결국 우려하던 사태가 발생했다. 나의 '걱정 인격'이 등장한 것이다.

다음 달에도 일이 없으면 어쩌지, 다음다음 달에도 일이 없으면?

걱정 인격은 상황을 실제보다 훨씬 부풀려서 받아들인다. 게다가 무한 자가증식을 거듭하며 나를 불면의 밤으로 이끈다. 그 불면의 밤에 나는 홀로 수많은 걱정 인격들과 사투를 벌인다. 걱정 인격과의 싸움은 항상 '모두가 잠든 야밤'에 이루어지고, 그 싸움에서 나는 속수무책일 수밖에 없다. 이 싸움을 피하려면 침대에 머리가 닿자마자 곯아떨어지는 것이 필요하다. 그러기 위해서는 낮에 최대한 몸을 피곤하게 만들어야 한다.

어떤 재밌는 일을 하면서 몸을 혹사할 수 있을까를 고민하던 중 레이더망에 독서모임 멤버 Y가 포착되었다. Y는 얼마 전 우리 집에 직접 만든 라따뚜이(프랑스식 채소 스튜)를 들고 온 적이 있으며, 같이 요리를 해 먹자고 강한 의사를 표현한 바 있다. Y는 저녁에 일을 하므로 언제나 평일 낮에 할 수 있는 '재미있는 일'을 찾아다니는 사람이라 제격이었다.

큰정   심심한데 우리 김장이나 해볼까요?

Y   (너무 흔쾌히) 좋아요.

큰정   그럼 우리 수육도 만들어요!

에너지 발산이 필요했던 두 사람은 아주 쉽게 김장을 결정하게 된다. 김장을 선택한 이유는 단순했다. 손이 가장 많이 가는 음식이었기 때문이다.

김장하기로 한 '거삿날'이 밝았다. 결혼한 친구에게 김장 재료는 뭐가 필요한지 물어봤다. 김장은 조금만 할 때 훨씬 단가가 비싸다며 차라리 사 먹으라는 답변이 돌아왔다. 나는 '남는 에너지를 쓰기 위해 김장을 하는 것이다'라고 설명했지만 (역시나) 이해받지 못했다. 인터넷으로도 김장 레시피를 검색해봤는데 집마다 재료나 방식이 달라서 어느 방식에 따를지 결정하기 어려웠다.

우리는 김장에 대해 매우 무지한 상태로 일단 슈퍼에 갔다. 그리고 그곳에서 귀인(슈퍼 아주머니)을 만났다. 젊은 사람 둘이서 처음 김장을 한다고 하니 필요한 재료들을 계산대에 착착 올려놓으셨다. '이번에 처음 김장을 하는 데 실패하면 평생 김치를 사 먹을 것이다'라고 엄청난 포부를 내비치자 그녀는 열정적으로 배추 절이는 팁과 양념법을 알려주셨다.

슈퍼 아주머니 덕분에 일은 벌였지만 수습하지 못하고 있던 우리는 자신감이 생겼다. "까짓거 그냥 하면 될 것 같아요"를 외치며 사 온 배추들을 욕조에 풀어놓았다. 욕조에 물을 채우고 소금을 풀어 소금물을 만들었다. 그리고 거기에 반으로 갈라놓은 배추를 엎어놓고 그 위에 소금을 슬렁슬렁 뿌려주었다. 이제부터 기다리기만 하면 된다(12시간 동안 중간에 한 번 배추도 뒤집어줘야 한다).

배추가 절여지는 12시간은 참으로 길었다. 괜스레 욕실에 들어와 잘 절여지고 있는지 뒤집어 보고 싶은 충동을 느꼈다. 잠자기 전에도 배추를 한 번 눌러보고 잠이 들었다. 이런 기다림과 두근거림은 참 오랜만이었다.

다음 날 아침, 눈뜨자마자 배추부터 확인했다.

이런, 뭐지?!

배추가 전혀 절여져 있지 않았다. 갓 사 왔던 상태 그대로 단단하고 아삭거렸다. (엄마가 김장할 때 거의 도와준 적은 없었지만) 분명 내 기억 속 엄마가 절인 배추의 상태는 훨씬 흐물거렸다. 당황한 내가 부산스럽게 움직이고 있으니 뒷짐 지고 관

229

망하던 동생이 보다 못해 도움의 손길을 내밀었다. 동생은 스마트폰으로 '배추 절이는 법'을 검색해 정독하기 시작했다. 그러더니 소금을 들고 와 배춧잎 사이사이에 켜켜이 소금을 뿌렸다. 참고로 대충대충 스타일인 나는 뭔가를 제대로 읽는 것을 매우 귀찮아한다. 특히 각종 설명서는 평생 제대로 읽어본 적이 없다. 그래서 인터넷으로 곁눈질한 방법으로 배추 위에다 소금을 뿌렸더니 속까지 제대로 절여지지 않았던 것이다.

다행히 동생의 '정공법'은 통했다. 그렇게 두 시간여가 흐르자 배추가 눈에 띄게 숨이 죽어 있었다. 배추를 한 번 샤워시키고 한 시간 정도 '대충' 물을 빼주었다(이 단계에서 '또' 선보인 나의 '대충'은 결국 나중에 김장에 지대한 영향을 끼치게 된다). 배추에서 물이 빠지는 동안 우리는 양념을 만들기 시작했다. 알고 보니 Y도 나와 같은 '대충대충파'였다. 우리는 양념 재료를 전혀 계량하지 않은 채 오로지 눈대중과 감만으로 양념을 만들기 시작했다. 누가 보면 '김장의 대가' 같이 보였을 것이다. 김장을 한 번도 해보지 않은 두 김장 바보는 하필 매우 용감하기까지 했다.

5분 만에 뚝딱 양념을 만들고 거실 테이블에 비닐을 깐 후물 뺀 배추들을 올려놓았다. 비닐장갑 대신 수술용 장갑을 꼈더니 마치 배추를 수술하는 외과의가 된 기분이었다. 우리는 장갑만큼 꽤 엄숙한 모습으로 배추에 양념을 묻혀나갔다. 이상하리만큼 평온하고 순조로운 광경에 '김장 별거 아니네'라는 자만심이 고개를 드는 순간 문제가 발생했다. 배추를 3분의 1도 하지 않았는데 양념이 바닥을 보이기 시작한 것이다. 처음 몇 포기는 빨갛게 양념이 묻은 그럴싸해 보이는 김치였지만 점점 겉절이 같은 모습이 되었다. (갓김치도 담가야 했기에) 결국 김장 바보들은 양념을 두 번이나 더 만들었다고 한다.

수육은 (동생이 관장했으므로) 매우 순조롭게 진행되었다(동생은 장금이가 틀림없다). 우리는 마당에 테이블을 깔고 수육과 갓 만든 김치와 막걸리를 세팅했다. 양념이 부족하게 버무려진 김치는 '김치 샐러드' 같은 느낌이었지만 어이없을 정도로 맛있었다. 그렇게 대충 만들었는데 왜 맛있는지 우리 모두 의아해했지만, 첫 김장에 성공했다는 사실에 한껏 뿌듯해했다. 10리터짜리 김치통 네 개에 담긴 우리의 첫 김장은 그렇게 끝이 났고, 일이 다시 들어오기 시작했다.

얼마 뒤 김치통을 열어봤더니 김치에서 물이 생겨 물김치가 되어 있었다. 배추 물을 한 시간밖에 빼지 않았던 것이 패착이었다. 동생이 양념을 계량해서 만든 갓김치만 성공을 거두었다. 인생 대충 살지 맙시다!

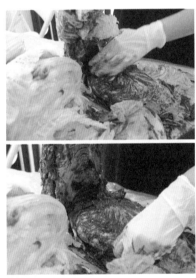

김장 집도를 시작하겠습니다.
양념은 켜켜이 **찹찹찹**

갓 담근 김치에 수육과 막걸리란, 없어서는 안 될 존재다.
꼭 우리 같다.

아찔했던
첫 폭우의 기억

침수 그리고 고양이

2020년 여름, 축사가 침수되어 그 안에 있던 소들이 수영해서 축사 옥상으로 대피했다는 뉴스가 나오던, 정말 말도 안 되는 폭우가 쏟아졌던 밤이었다. 우리는 2층 통창으로 퍼붓는 비를 감상하고 있었다. 같은 시간 지하에서 '그 일'이 일어나고 있는 줄은 상상도 못 한 채. 그때 지하 총각으로부터 전화가 걸려왔다. 다급한 목소리였다.

"고양이가 죽을 것 같아."

들어보니 상황은 이랬다. 지하 총각이 운영하는 레스토랑 근처에서 한 학생이 아기 고양이를 안고 발을 동동 구르고 있었다고 한다. 폭우에 몸이 반쯤 물에 잠겨 죽어가는 길냥이를 발견해 일단 구하긴 했는데, 데려갈 수가 없는 상황이었다. 보다 못한 그가 자기가 고양이를 닦아주겠다고 가게로 데려왔다고 했다. 화상 통화로 본 고양이는 손바닥만 한 크기의 새하얀 고양이였다. 수건으로 감싸진 채 축 늘어져 움직이지 않았다.

큰정   곧 죽을 것 같아. 어쩌지?
작은정 일단 우리 집으로 데려오자!

나는 동생의 과감한 말에 흠칫 놀라 쳐다봤다. 단호한 말투와는 달리, 동생의 눈빛은 흔들리고 있었다. 여기서 잠시 우리의 고양이 사랑을 소개하자면, 둘의 단톡방은 온통 고양이 사진들로 도배되어 있다. 인스타에서 발견한 귀여운 고양이 영상을 분주하게 서로에게 퍼 나르면서도 고양이는 절대 키우지 말자고 합의한 상태였다. 초등학교 때 치와와를 한 마리 키우다가 잃어버렸는데, 그 상실감이 너무 커서 다시 동물을 키울 엄두가 나지 않는 것이 가장 큰 이유였다. 우리가 1년에 한두 번씩 한 달 이상의 긴 여행을 가는 것 역시 걸림돌이었다. 개인적으로는 사료비, 병원비 등 돈 걱정도 컸다. 이러한 이유들로 우리는 인스타에서 남의 집 고양이를 구경하는 정도로 만족하고 있었다.

고양이를 키우지 말아야 하는 이유는 넘쳐났지만, 스마트폰 너머로 죽어가는 아기 고양이를 본 순간 그 많던 합리적 이유들이 무력해지는 느낌이었다. 무작정 지하 총각에게 집으로 데려오라고 하고, 집 근처 야간 동물병원에 전화를 걸었다. 길냥이를 구조했는데 진료비가 얼마 정도인지 물었더니, 검사비만 30만 원이 넘는다는 대답이 돌아왔다. 내 건강검진비도 18만 원이었는데 고양이가 30만 원이라니, 기가 막혔다. 심지어 올해는 코로나로 수입이 줄어 그마저도 건너뛴 상태였는데 말이다. 죽어가는 고양이를 그대로 놔둘 수도, 그렇다고 덜컥 그 큰돈을 쓸 수도 없었다. 우물쭈물하고 있는데 그가 집에 도착했다는 연락을 받았다. 지하 방으로 쏜살같이 내려가면서도 마음은 복잡했다.

"고양이는?"

큰 소리로 고양이를 찾으며 지하 문을 열어젖힌 순간, 고양이보다 먼저 눈에 들어온 것이 있었다. 지하 거실 전체가 물바다였다. 집이 족욕탕도 아닌데 발목 높이까지 물이 찰랑거렸다. 최근에 지하 총각이 고심해서 샀던 가구들과 카펫은 물에 잠긴 지 오래였다. 우리가 2층에서 넋놓고 폭우를 구경하던 그 시간, 지하는 물에 잠기고 있었던 것이다.

너무도 황망하여 거의 사고가 멈춘 상태였지만, 그 와중에도 고양이 상태는 확인해야 했다. 고양이는 스마트폰 화면으로 본 것보다 더 작았고, 잔뜩 웅크린 채 만져도 거의 반응하지 않았다. 고양이는 병원에 데려가야 했고, 물난리가 난 집도 수습해야 했다. 결국 동생이 고양이를 동물병원에 데려가고, 나와 지하 총각이 집을 수습하기로 했다.

얼핏 본 시계는 밤 12시를 넘기고 있었다. 양말을 벗고, 바지를 무릎까지 걷어 올렸다. 지하 총각이 바가지로 물을 퍼내면, 나는 기계처럼 그 물을 받아 싱크대에 버렸다. 퍼내고, 버리기를 수십 번 반복하면서도 둘 다 거의 말을 하지 않았다. 뭔가를 말하기에는 이 모든 상황이 너무 현실감이 없었기 때문이었다. 마른 수건으로 바닥을 닦기까지 꼬박 두 시간이 걸렸다. 시계는 새벽 2시를 가리키고 있었다. 너덜거리는 정신과 체력을 이끌고 2층으로 올라와 한숨 돌리려 하자 동생이 고양이를 안고 집에 도착했다. 의사 선생님 말씀으로는 저체온증으로 죽을 뻔했지만, 응급처치로 지금은 괜찮아졌다고 했다. 간단한 외관 검사만 진행했는데 크게 이상은 없어 보이며, 나이는 3개월 정도로 추정된다고 했다. 한 가지 놀라운 사실은 3개월 정도 되면 보통 엄마 고양이로부터 독립하기 때문에 엄마를 잃어버린 건 아닐 것이라는 점이었다.

고양이를 라탄 바구니에 넣고 수건을 덮어주고, 드라이기로 젖은 털을 말려주었다. 어디선가 고양이는 드라이기 소리를 질색한다고 들었는데, 기력이 없어서인지 시끄러운 드라이기 소리에도 움직이지 않았다. 병원에서 사 온 참치 사료도 넣어주었는데 역시 먹지 않았다. 미동도 하지 않는 고양이가 걱정되어 병원에 전화해 의사 선생님께 고양이 상태를 다시 문의하는 동안 고양이가 처음으로 꿈틀하고 움직이기 시작했다. 그때 처음으로 고양이와 눈이 마주쳤는데 그 까맣고 동그란 눈에 어찌나 경계심이 가득 한지, 혼자 후들거리며 바구니에서 나와 처음 한 일도 서랍장 밑 구석으로 숨어 들어가는 것이었다. 우리 손이 쉽사리 닿지 않는 곳에 자리를 잡으니 그제야 안심이 되는 듯 사료를 먹기 시작했다. 다행인 건 참참거리는 소리가 경쾌했다.

큰정   그나저나 고양이 이름은 뭐로 하지?

작은정   홍수에 구출되었으니까 정홍수라고 할까?

큰정   아니면 기원의 이름으로 가뭄?

작은정   아니면 건조? 습도?

큰정   건조가 좋겠다. 건조!

작은정   건조 좋다. 아님, 드라이? 라이?! 물에 젖어서 죽을 뻔
        했으니 앞으로 뽀송뽀송하게 잘 살라고 라이로 하자!

큰정   오, 좋다. 그럼 성은 드, 이름은 라이로 하자.

그렇게 일사천리로 고양이 이름이 결정되었다. 우리는 거실에 커다란 플라스틱 상자를 놓고 보드라운 담요를 깔아준 후 조심스럽게 '라이'를 넣었다. 안도감이 들면서 그제야 잠이 쏟아지기 시작했다. 무심한 시계는 새벽 4시를 가리키고 있었다.

그날 라이는 밤새 신생아처럼 애처롭게 울었고, 처음 엄마가 된 우리는 하염없이 서툴렀다. 침대에 몸을 뉘면 라이가 울어서 30분 간격으로 라이를 돌봤다가 침대로 들어가기를 반복했다. 말도 안 되는 일들이 동시다발적으로 발생한 오늘 하루는 결국 동이 틀 때까지 쉽사리 우리를 놓아주지 않았다. 나는 라이의 애옹애옹 소리를 들으면서 내일은 반드시 입양을 보내겠다고 다짐했다. 이것이 우리가 맞은 첫 폭우였다.

이름은 라이,
성은 또입니다

새로운 입주민을 소개합니다

폭우에서 구한 길고양이 라이로 인해 정자매 하우스는 시험에 들게 되는데… 이번에는 라이가 어떻게 정자매 하우스의 서열 1위로 올라가게 되는지, 그 과정에 대한 이야기다.

라이는 2020년 7월 23일 엄청난 폭우 속에서 우리에게 왔다. 인스타로만 보던 고양이와 실제 고양이는 달랐다. 아니영 딴판이었다. 물론 라이는 특히나 유별났음을 인정한다.

입주 1~21일 차: 책장 라이

라이는 기력을 차리자마자 집 안의 손이 닿지 않는 모든 틈새로 기어들어갔다. 가장 처음 라이가 선택한 곳은 거실 책장이었다. 꽂힌 책과 책장 사이의 좁은 공간에 몸을 비집고 들어가더니 그곳에서 모든 의식주를 해결하기 시작했다. 그 시절 라이는 틈만 나면 창문 밖을 바라보며 애처롭게 울었다. 엄마에게 자신이 이곳에 감금되었으니 구해달라는 신호처럼 들렸다. 우리가 자려고 방으로 들어가면 그 강도는 더욱 심해졌다. 눈을 감으면 애옹애옹, 너무 피곤해서 다시 눈을 감으면 더 크게 애옹애옹, 나중에는 라이가 울지 않는데도 애옹애옹 환청이 들리는 상태에 이르렀다.

서편제 수준의 한 많은 라이의 애옹애옹은 일주일 내내 이어졌다. 하루는 동생이 강릉을 가서 나와 라이만 집에 남은 적이 있었는데, 라이는 그날도 목이 쉴 정도로 처절하게 울어댔다. 이때 난 정말 진지하게 라이를 당장 밖으로 갖다 버리고 싶은 강한 충동을 느꼈다(물론 그러지는 못했다).

그렇게 나가고 싶으면 나가라, 라이ㅠ

불면의 일주일이 지나고, 라이는 너무 울어 목이 쉬었다. 애옹애옹에 쇳소리가 섞여 나왔다. 저러다 영영 목소리를 잃지는 않을까 걱정이 될 즈음 라이는 신기하게도 울음을 그쳤다. 엄마 찾기를 포기하고, 이곳에 감금된(?) 스스로의 처지를 받아들이는 단계에 이른 것일지도.

　그즈음 '정자매 하우스에 고양이가 있다'는 소식이 퍼졌고, 입주민을 포함한 많은 사람들이 라이를 구경하러 왔다. 하지만 사람들이 오면 새빠르게 냉장고 뒤로 숨어 버렸기에 대부분 실물 라이를 보는 데는 실패했다. 친구들은 긴 셀카봉을 냉장고 뒤로 집어넣어 찍은 (하악질*하는) 영상으로 라이와의 만남을 대체해야만 했다.

입주 22~40일 차: 부엌 라이

어느 날 아침, 부엌에 들어갔더니 싱크대 밑판이 떨어져 있었다. 역시나 범인은 라이였다. 밤새 처소를 책장에서 부엌 싱크대 밑으로 옮긴 것이다. 어두운 싱크대 밑에 꼭꼭 숨은 라이를 보려고 가까이 가면, 라이는 온몸의 힘을 단전부터 끌어모아 하악질을 했다. 처음 3주 동안은 너무 울어서 존재감이 엄청나더니, 이 기간은 지나치게 조용히 숨어 지내서 과연 고

　고양이가 입꼬리를 있는 힘껏 올려 이빨을 드러내며 '하악'하고 소리를 내는 걸 말한다. 주로 자신의 영역에 침범한 적을 경계하며 위협할 때 한다. 우리는 널 해치지 않아.

양이가 우리 집에 있는 건지 헷갈릴 정도였다.

숨은 라이를 나오게 하고 싶어서 생각한 방법은 유튜브였다. 라이가 볼 수 있게 부엌 바닥에 노트북을 놓고 '고양이가 좋아하는 물고기 영상'을 틀었다. 그랬더니 바로 쏙 나와 모니터 속의 물고기를 잡으려고 하는 것이 아닌가. 유튜브만 틀어주면 라이는 한 시간 이상 홀린 듯 모니터 앞에 앉아 있었다. 아이들한테 유튜브를 틀어주는 엄마들의 마음을 가슴 깊이 이해한 때이기도 하다.

싱크대 밑 생활이 슬슬 지겨워졌는지 라이는 우리가 방으로 들어간 틈을 타 도둑처럼 살금살금 집 안을 돌아다녔다. 우리가 방에서 나오면 다시 하악질을 하며 싱크대 밑으로 줄행랑을 쳤기 때문에 우리는 거실에 카메라 삼각대를 설치해놓고 라이가 뭘 하는지 엿보기 시작했다(우리도 상당히 집요한 스타일이다).

카메라로 본 라이는 이중인격 묘였다. 화면 속 라이는 화분의 흙을 파고, 꽃을 떨어뜨리며, 커튼을 물어뜯고, 오뚝이 장난감에 어퍼컷(앞발)을 날렸다. 그러다 우리가 등장하면 다시 세상 가장 겁먹은 표정으로 싱크대 밑으로 숨어 들어갔다. 태생적으로 경계심이 많은 길고양이와 친해지려면 드물게는 3주까지 걸리는 경우가 있다고 하지만, 우리는 한 달이 지나도록 라이 반경 1미터에도 접근하지 못했다. 어쩌면 라이와는 이렇게 서로 멀리서 바라만 보며(라이 입장에서는 대치하면서일지도) 지낼지도 모른다는 슬픈 생각이 들었다.

입주 41~60일 차: 방문 앞 라이

항상 멀찍이 떨어져 우리를 구경만 하던 라이가 이제 우리의 방문 앞까지 다가왔다. 왠지 모를 뜨거운 시선이 느껴져 방문 쪽을 보면, 라이가 역삼각형 얼굴을 반만 들이밀고 나를 쳐다보고 있었다. 그렇게 라이는 방문 앞, 침대 밑 순으로 조금씩 다가오더니 어느 날 이불을 덮고 누운 동생의 다리 사이에 자리를 잡기에 이르렀다.

세상에!

그리고 그게 편하다고 생각했는지 그때부터 잠은 동생의 다리 사이에서 잤다. 하지만 내 침대로는 절대 오지 않았다(이 부분에서 상대적 박탈감이 엄청났다).

입주 61~90일 차

(고급 참치캔과 사료와 화장실과 스크래쳐를 조공해가며) 라이와 지낸 지 세 달째에 접어들었다. 라이는 이제 내 다리 사이에서도 가끔 자고, 손에 올려놓은 사료를 (다소 망설이긴 하지만) 먹을 정도로 가까워졌다. 처음 데려온 날부터 품에 안겨 오는 개냥이들과 비교하면 이게 무슨 친한 거냐 할 수도 있겠지만 지난 3개월간을 생각하면 장족의 발전이다.

입주 1년 차

라이는 장족의 발전을 넘어 이제는 아예 우리의 껌딱지가 되었다. 낮에 거실에 앉아 노트북을 하고 있으면 놀아 달라고 키보드 위에 대자로 드러눕고, 그래도 놀아주지 않으면 실망한 얼굴로 무릎에 누워 잠을 잔다. 밤이 되면 나와 동생 방을 번갈아 가며 우리 몸에 등을 맞대고 잔다. 아침에 눈을 뜨면 가장 먼저 보이는 건, 세상 편하게 배를 내놓은 채로 같은 베개에서 자고 있는 라이의 모습이다. 우리는 언제 이렇게 가까워졌을까.

덧붙여 라이는 동물병원에서도 인정한 '중성화를 했는데

도 여전히 날씬해서 신기한 고양이'였는데, 1년이 지난 지금은 꽤 통통해졌다. 사이즈로 비교하자면 현재 몸매는 통통 66 정도며, 매달 0.1킬로그램씩 놀라운 속도로 늘고 있다. 집고양이가 살이 찌는 것은 거스를 수 없는 순리인가보다.

2022년 현재

라이는 새벽 4시 30분에 기상한다. 잠이 들면 알람도 못 들을 정도로 잘 깨지 않는 동생과 달리 나는 잠귀가 밝다. 그래서 조식인지 야식인지 모를 새벽 사료 담당은 내가 되었다.

라이가 나를 깨우는 방법은 다음과 같다. 우선 내방으로 저벅저벅 걸어와 내 얼굴 앞에 선다. 그리고 단전부터 소리를 끌어모아 사이렌처럼 큰 소리로 '애옹'하고 외친다. 이 방법이 통하지 않으면 두 번째 방법이 있다. 내 머리카락이나 맨살을 '앙'하고 깨무는 것이다. 대부분은 첫 번째와 두 번째 방법에서 성공하지만, 간혹 실패할 경우 절대 실패하지 않는 세 번째 방법이 있다. 화장대에 있는 화장품들을 하나씩 발로 밀어 떨어뜨리는, 이 방법은 항상 통한다.

이런 영악한 라이 덕분에 나는 최근 통잠을 자본 기억이 없다. 그럼에도 슬픈 사실은 라이가 나보다 동생을 훨씬 좋아한다는 것이다. 동생이 라이를 부르면 라이는 '애옹' 답을 하며 동생의 곁으로 뛰어든다. 내가 라이를 부르면 분명 들어 놓고 절대 대답하지 않고 딴청을 부린다. 자신의 침소를 정할 때도 마찬가지다. 내방과 동생 방 중 언제나 1순위는 동생 방이다. 동생이 집에 없을 때만 어쩔 수 없다는 듯 터벅터벅 내 방으로 걸어와 이불 사이로 파고든다. 기쁘게도 지난겨울에는 내 침소를 더 많이 찾아주었는데, 동생 방에는 없는 온수 매트가 내방에는 있기 때문이다. 어떤 이유에서건 덕분에 나는 지난겨울 라이의 핑크색 배를 실컷 만질 수 있었다. 물질 공세로 얻은 결과였지만, 나의 짝사랑은 이 정도로 만족하기로 했다.

라이 구조 후 이틀째,
그땐 인지할 겨를이 없어 몰랐는데
사진을 다시 들춰보니 엄청나게 꼬질꼬질했었구나.

처음 구조되었을 때와 비교하면
참 말끔하고 귀티 나는 라이♥
우리는 그렇게 팔불출이 되었다.

살아보니 이래요

아래위로
함께 산다는 것

불편함을 말하는 힘

손가락 깨물고 혈서만 안 썼을 뿐 그에 준하는 결연한 각오로 '같이 잘살아 보자'를 외치며 웅장한 마음으로 함께 살기를 시작하고 며칠도 지나지 않아 불안이 스멀스멀 올라오기 시작했다. 독서모임에서 이미 치열하게 부딪혔던 우리지만 그곳에는 한정된 공간과 시간 그리고 책이라는 중재자가 있었고 모임이 끝나면 각자의 일상으로 돌아갔다. 그래서 '매일을 붙어산다는 것'은 또 다른 도전이었다. 하하 호호 즐거운 우리 집을 그리기도 전에 '망하면 어쩌지'란 걱정이 들었다. 소중한 인연이고 좋은 관계로 여기까지 왔는데 같이 살면서 이전보다 못한 관계가 될까 걱정되었다.

정말 같이 잘 살 수 있을까

우리는 더 가까운 관계로 넘어가기 위해서는 무엇보다 '불편함을 참지 않고 거침없이 말하기'의 중요성을 여러 번 강조했다. 관계를 걱정해서 좋은 '척' 예의만 차리고 해야 할 싫은 소리를 못한다면 이 관계가 더 진전되지 못할 뿐 아니라 예전보다 못한 사이가 될 것임을 너무나 잘 알고 있었다. 1층 S는 첫 달 월세와 함께 문자를 한 통 보내왔다.

더불어 산다는 게, 서로에게 피해를 '안' 주는 게 아니라 서로에게 피해를 주고받고, 그런 불편함을 나누고, 그러면서 더 이해하고 깊어지는 삶이라고 생각해요. 서로 더 깊숙하게, 불편하게, 하지만 가까워지도록 침투해요. 우리.

뭉클해지는 문자였다. 싫은 소리를 하고 불편함을 나누는 것에 대해 1층의 S와 H, 지하 총각은 큰 걱정이 없을 것 같았다. 문제는 2층의 소심한 우리였다. 상냥하기는 쉽지만 싫은 소리 하는 것은 너무도 어려운 일이었다. 우리 집 대문 입구에 정기적으로 초대형 트럭을 주차하겠다고 당당하게 말하는 전 집주인 아저씨에게 제대로 안 된다는 말도 못해서 끙끙

앓고 있는 사람이 우리였다. 사람들은 '조물주 위에 건물주'라고 하지만 우리는 모든 세입자의 눈치를 보는 소심한 집주인일 뿐이다.

층간 소음에 대해: 누가 쿵쿵 소리를 내었어?!

정자매분들, 2층을 오고 갈 때 조금 조용히 부탁드려도 될까요? 특히 현관문을 닫고 나갈 때와 계단을 올라갈 때 주의를 부탁드려요. 그런데 혹시 밤마다 가구를 옮기시나요? 새벽에 가구 끄는 소리가 심하네요. 쿵쿵하는 발걸음 소리는 어쩔 수 없지만, 가구를 옮기거나 하는 건 주의 부탁드려요.

모두 입주하고 얼마 안 되어 1층 S로부터 문자가 한 통 도착했다. 문자를 받은 우리의 가슴은 빠르게 쿵쾅거렸다. 항상 '좋아요~', '너무 좋아요~', '진짜 좋아요~' 같은 긍정의 언어만 서로 나누다 불편함을 알게 되니 어찌할 바를 몰랐다. 동시에 '아, 이런 것이 뉴스에서 난리인 층간 소음 문제구나'란 생각이 들었다.

겪고 나니 층간 소음은 양쪽 모두에게 풀기 어려운 문제였다. 피해를 받은 쪽은 분명 시끄럽고 신경이 쓰이니 문제를 제기하는 것이고, 피해를 준 쪽은 어느 정도로 시끄러운지 알수 없으니 너무 예민하게 반응하는 것은 아닐까 하고 반감이먼저 드는 것이다. 우리도 처음 문자를 받았을 때 '우리가 그렇게 시끄럽게 다녔나'라는 반응이 먼저였다. 게다가 우리는밤에 가구를 옮긴 적이 없었고, 신경이 쓰일 정도로 시끄럽게왔다 갔다 한 것인지 쉽게 납득하기 어려웠다. 우리처럼 서로에게 신뢰와 친분이 있는 사이에도 이렇게 반발감이 드는데,물리적으로는 가깝지만 심리적으로는 먼 관계인 대다수의아파트 이웃들에게 이것이 얼마나 불쾌한 문제일지 가늠이갔다.

우리는 앞으로는 현관과 계단을 다닐 때 주의를 하겠지만밤에 가구를 옮긴 적은 없는데 바닥을 끄는 소리는 왜 나는지모르겠다며 혹시 그 소리가 날 때 문자를 보내주면 소음의 이유를 알 수 있을 것 같다며 답장을 했다. 사실 이 답장조차 수십 번을 썼다 지우기를 반복하다 겨우 보냈다(생각보다 더 소심한 우리다). 즐거움을 나누는 것은 쉽지만 불편함은 알리는 것은 참 어려운 일이다.

이후에 알게 된 것이지만 바닥을 끄는 소음의 정체는 전층에 설치한 슬라이딩 도어의 문제로 밝혀졌다. 밤에 화장실을 가거나 방문을 닫을 때 슬라이딩 도어의 진동과 소음이 벽을 타고 아래층에 전해지는 것이었다. 슬라이딩 도어를 설치할 때는 전혀 예상하지 못한 단점이었다. 이후에는 늦은 시간에 방문을 닫을 때는 '쾅!'하고 닫지 않고(관찰하다 보니 둘 다 슬라이딩 도어를 내팽개치듯 닫는 것을 알게 되었다.) '스르륵~' 닫도록 노력했다. 이후로도 몇 번의 층간 소음에 대한 불편함이 있었지만, 이제는 어쩔 줄 몰라 손을 덜덜 떨면서 반응하지 않는다. 조금은 덤덤하게 받아들이고 양해도 구하게 되는 짬밥이 생겼다.

눈을 누가 치울 것인가

불편함을 나누는 것도 어려운 일이지만 함께 해야 할 일을 함께하도록 기다리는 것도 여간 어려운 것이 아니었다. 2021년 겨울에는 눈이 참 많이도 왔다. 눈이 내린 우리 집 마당은 꽤 분위기가 있었다. 마당과 감나무에 소복하게 내려앉은 눈을 보고 있으면 음악을 틀어놓고 따뜻한 커피를 마시며 멍때리기에 참 좋았다. 그러나 보광동에서의 경험에 따르면 눈은 보슬보슬할 때 쓸어야 한다. 마당과 계단에 눈이 쌓여 얼어버리면 매우 골치 아파진다. 밖으로 나가니 옆집 할아버지는 이미 집 앞까지 눈을 모두 치운 상태였다. 우리 집만 눈이 소복하게 쌓여있었다.

우리는 중무장을 하고 눈을 치울 준비를 했다. 예전에 1층 H가 공동 공간에 대한 책임은 모두에게 있으니 청소와 같은 일은 함께하자고 했던 말이 떠올라 문자를 보낼까 싶었지만, '그냥 우리가 후딱 치우고 말지'하는 마음이 먼저 들었다. 막상 누군가에게 '요청'하는 일도 쉽지 않았다(아-주 소심한 우리다).

그런데 첫 삽을 뜨는 순간 독서모임을 위해 눈을 치우러 나온 H와 눈이 마주쳤다. H의 손에는 삽이 들려 있었다(H와 우리의 모습의 봤다면 마치 무기를 들고 대치하고 있는 것처럼 보였을 것이다). 분명 서로가 함께하자고 했었건만 우리는 여전히 혼자가 편했던 것이다. 설령 그것이 상대를 위한 배려였을지라도 말이다. 아무리 순도 100퍼센트 선의로 자진하여 하는 일이라고 하더라도 그 행동이 상대방에게서 책임을 빼앗고 상대를 약하게 하는 것이라면 손을 놓고 함께하도록 기다리고 요청하는 것이 맞았다. 우리는 혹시 시간 괜찮으면(이런 미사여구까지 빼는 것은 아직은 어렵다) 함께 눈을 치우자고 '요청'했고 그렇게 우리 넷(S도 합류했다)은 함께 눈을 치웠다. 함께하니 노동이 아니라 놀이 같았다. 작은 눈사람을 만들어놓는 것을 끝으로 눈 치우기를 마친 우리는 1층에서 함께 따뜻한 차를 나눠 마셨다.

누군가와 함께 가까이서 삶을 나누며 산다는 것은 분명 개인의 삶을 충만하게 한다. 하지만 그러기 위해서는 공동체 속에서 개인이 소멸되지 않게 힘과 개성을 가진 개인과 개인이 '따로 또 같이'를 실현해야 건강하게 나아갈 수 있다. 같이 살기 전에는 '즐거움을 나누는 것'에만 초점을 두었지만, 같이 살다 보니 더 중요한 것은 '불편함을 나누는 것'에 있었다. 싫은 소리를 못하는 우리 같은 성격은 누군가와 함께 사는 것에 매우 취약하다. 하지만 개인의 진짜 감정을 억누르고 불편함을 느끼는 나를 상대가 불편하게 볼까 봐 숨게 된다면 가까이만 사는 것일 뿐 진짜 가까워질 수는 없다. 결국 상대가 내 마음과 같지 않음에 혼자 실망하거나 서운해하다가 끝나게 될 것이다.

우리는 아직도 이 작고 소박한 공동체가 망하지 않기를 바란다. 하지만 망하지 않으려는 이 강박을 버리지 못하면 결국에는 망하게 될 것임을 안다. 때문에 서로의 약점과 불편함을 어떻게 잘 나누고 바라볼 것인지를 오늘도 고민한다. 이 관계가 또 다른 단계로 진입할 수 있기를 기대해본다.

마당과 계단에 소복하게 내려앉은 눈은 보면
페인트칠과 같은 양가감정이 든다.
'와. 이쁘다. 그런데 언제 다 치우지.'

마당과 계단, 그리고 집 앞까지,
생각보다 넓었지만 함께하면 이 또한 하나의 놀이가 된다.
함께 살아서 좋은 점이다.

적인가
동지인가

이웃이란 무엇일까

살면서 이웃의 존재감을 느꼈던 때는 많지 않다. 오피스텔에 살 때는 옆집에 누가 사는지조차 몰랐다. 일단 이웃과 마주칠 일이 없었다. 그저 늦은 밤 벽 너머로 들리는 인기척에 옆집에 누군가 사나 보다 생각했다. 공부를 위해 잠시 고시원에 살았을 때 옆 방 아저씨의 코 고는 소리에 불면의 밤을 보냈던 시간을 빼면 말이다(층간 소음만이 이웃을 인식하게 만드는 것 같다).

우리가 살고 있는 동네는 재개발이 되지 않아 수십 년 된 주택들이 모여 있다. 이 나이 지긋한 동네는 택시 기사님들도 그 존재를 잘 모른다. 이곳은 대형 아파트 단지와 상업지구 사이에 끼어 있고, 여기로 들어오는 유일한 골목이 워낙 작고 좁아서 근처에 오래 산 주민들도 '여기에 이런 곳이 있는 줄 몰랐다'고 하는, 그런 곳이다. 차로 찾아오다 골목을 놓치면 10분 이상을 크게 유턴해야 한다(해리포터 9와 4분의 3 승강장이라 할 수 있겠다).

때문에 이 작은 골목 생태계에는 많은 사람이 살고 있지 않다. 주변에 아파트들이 있기는 하지만 아파트 주민들은 대부분 옆으로 난 큰 골목으로 다녀서 정작 우리 집으로 오는 그 작은 골목에는 오래된 주택 몇몇이 있을 뿐이다. 그러다 보니 이 골목에서는 같은 사람을 하루에 최소 한 번씩은 마주치게 된다. 동네 미화에 힘쓰는 엄마는 우리가 이사 온 직후, 우리 집 대문부터 지하철역에 이르는 골목길 전체(!)를 청소했는데, 그게 동네 어르신들에게 좋은 인상을 심어준 듯했다. 하지만 그런 엄마와 달리 우리는 동네 사람들과 잘 지내야 한다는 개념조차 없었고, 사생활이 중요한 현대사회에서 그럴 필요성도 느끼지 못했다. 그래서 오며 가며 마주치는 사람들과 인사도 제대로 나누지 않았다.

그렇게 우리는 단독주택에 살면서도 오피스텔에 살 듯 이웃이 없는 것처럼 살았다. 그러다 사달이 났다. 리모델링이 한창 진행 중이던 때, 실장들로부터 다급한 연락이 온 것이다. 공사소음 등으로 불편을 겪고 있던 동네 사람들이 민원을 넣겠다고 했다며, 얼른 현장으로 와봐야 할 것 같다는 내용이었다.

리모델링에서 가장 무서운 것이 '민원에 의한 공사중단'이었기에 우리는 하던 일을 멈추고 헐레벌떡 현장으로 달려갔다.

전후 사정을 들어보니 이사를 왔고, 리모델링까지 하는데 이웃에게 미리 인사를 하지 않아 단단히 미움을 산 듯했다. 아차 싶었다. 매일 아침 일찍부터 시끄러운 공사를 하면서 주변 사람들에게 최소한 양해라도 구하는 것이 도리였다. 늦었지만 동네 어르신들을 위한 홍삼과 시루떡 한 말을 주문해 통장님과 마을회장님을 찾아가 '인사가 늦어 죄송하다'고 납작 엎드렸다. 이웃들이 화가 많이 났다는 실장들의 말에 걱정이 이만저만이 아니었는데 의외로 직접 찾아가니 '젊은 사람들이 동네로 와서 활기차서 좋다'며 덕담을 건네시는 것이 아닌가. 진작에 이웃에게 인사를 했으면 좋았겠다는 후회가 들었다. 그리고 그날부터 우리는 동네 사람들에게 무조건 열심히 인사를 하기 시작했다(흡사 선거에 출마하는 정치인 같은 모습이었다). 덕분에 공사 민원 한 번 없이 리모델링이 순조롭게 진행될 수 있었다.

자의 반 타의 반으로 물꼬를 튼 인사였지만, 동네 사람들과 자연스럽게 얼굴도 익히고, 가볍게 안부도 묻고(대부분 '엄마는 요즘 안 오시냐'는 물음이다), 동네의 각종 핫한 정보들도 듣게 되면서 우리에게도 이웃이 생겼다. 그중에서도 가장 교류가 많은 이웃은 옆집 할아버지와 분리수거 할머니다. 옆집 할아버지는 항상 뭔가에 화가 난 표정이었고 툭툭 던지는 말투가 호통에 가까운 스타일이다. 우리는 괜히 일을 만들기 싫어 할아버지가 계시면 핸드폰으로 눈을 돌리며 그의 시선을 피하고는 했다. 하지만 이게 웬걸. 할아버지가 우리를 보자마자 해맑게 웃으시는데, 너무 말갛게 웃어서 눈이 부실 정도였다 (홍삼의 힘이란). 이제는 우리의 인사도 잘 받아주시고, 우리 집 근처도 항상 깨끗하게 청소해주신다. 무엇보다 할아버지 덕분에 누리는 최고의 복지는 정성스럽게 키우는 외부 화단이다. 할아버지는 집 앞에 각종 화초를 키우는데, 겨울을 제외한 나머지 계절에는 항상 형형색색의 꽃이 피어 있어 우리의 눈을 즐겁게 한다. 아마 (홍삼의 힘이 아니라) 우리의 인사가 적적한 그의 마음을 열었던 것 같다.

분리수거 할머니와도 비슷한 과정을 거쳤다. 할머니는 '디스패치'를 방불케 하는 동네 소식통으로, 이 동네의 히스토리와 주민들 간의 역학관계를 꿰고 계셨고 슬쩍슬쩍 그 이야기 보따리를 우리에게 풀어주셨다. 참고로 오래 산 사람들이 많은 동네에는 과거 히스토리가 매우 중요하다(예를 들면 왜 여기는 주차선이 없는지, 우리 집 옆 감나무는 과연 누구의 소유일지 등의 문제들이 여기에 속한다).

　이야기가 이렇게 훈훈하게 마무리되면 좋겠지만, 약간의 반전은 있다. 옆집 할아버지가 우리 집 마당에 있는 수도를 사용하기 시작한 깃이다. 우리 집은 대문이 없어 마당이 (시원하게) 뚫려 있는데, 리모델링하면서 청소를 위해 마당에 수도꼭지를 설치했다. 당연히 수도세도 우리가 내고 있다. 그런데 어느 날부터인가 옆집 할아버지가 수시로 마당으로 들어와 대야에 물을 담아서는 키우는 화초에 물을 주고 계시는 것이 아닌가? 이것이 잘못된 행동이라는 사실은 인지하고 계시는지 우리와 마주치면 아무 일 없다는 듯 집으로 쏙 들어가셨다. 참다못한 내가 수도를 사용하고 있는 현장을 덮쳐 "할아버지, 왜 저희 집 물을 쓰세요?"라고 물었더니 "이 물 얼마나 한다고, 더러워서 안 써!"하며 노발대발하셨다. 하지만 그는 다음 날도 그다음 날도 계속 우리 집 물을 사용했고, 지금도 자기 집 물처럼 쓰고 있다(깊은 한숨).

　선 세-게 넘은 할아버지의 일화는 이뿐만이 아니다. 하루는 마당 창고에 엄청난 양의 박스가 쌓여 있는 것을 발견했다. 추측하기로는 박스를 모으는 동네 사람이 비가 며칠 연속으로 오자 모아놓은 박스를 젖지 않게 하려고 우리 집 마당 창고에 모아놓은 것으로 보였다. 아무리 그래도 그렇지 한두 개도 아니고, 수십 개의 지저분한 박스를 누가 남의 집 창고에 넣어놓는다는 말인가? 디스패치 할머니한테 물었더니 바로 범인이 잡혔다. 옆집 할아버지였다.

큰정　　　　할아버지, 여기 박스 할아버지가 놔두신 거예요?
옆집 할아버지　일주일만 기다려줘. 곧 치울게.

그는 해맑게 웃으며 말했다(???). 이보다 더 황당한 일화도 있다. 하루는 외출하려고 2층 현관문을 열었다가 눈앞의 광경에 경악하고 말았다. 집 현관에 은박 매트가 깔려 있고, 그 위에 빨간색 고추들이 가지런히 말려지고 있는 것이 아닌가? 아니 도대체 누가 남의 집 현관에서 고추를 말리는 거지? 심지어 2층 현관은 마당으로 들어와 계단으로 올라가야 하는, 누가 봐도 '완벽한 남의 집'이다. 곧바로 동생과 집 CCTV를 돌려봤다. 범인은 옆집 할아버지였다. 우리 집 마당을 본인 창고로 만든 것도 모자라 햇빛이 잘 들며 천장도 있는 우리 집 2층 현관에 고추를 말린 것이다. 순간 황당하다 못해 너무 화가 나서 우리도 옆집에 들어가 똑같이 행동할까 하는 생각까지 들었다. 고추 사건은 고추를 곧바로 집 밖에 내놓고 '외부인 출입 금지'라고 적은 종이를 올려놓는 것으로 일단락되었다(창문으로 동태를 살피니 할아버지가 바로 나와 쏙 챙겨 들어가셨다).

황당무계하지만 '실화'인 이 별난 동네 사람에 대한 글을 나는 분리수거 할머니께서 주신 옥수수를 먹으며 쓰고 있다 (집 앞에서 마주쳤는데 "옥수수 먹을래요?"하시더니 쿨하게 가지고 있 던 두 개 중 한 개를 건네주셨다).

할머니   저 할배가 아침마다 여기 물 쓰고 있어(옆집 할아버지 와 사이 안 좋음).

큰정   알아요. 안 그래도 할아버지 말고도 매일 밤에 분리 수거하시는 아저씨도 우리 집 물을 써서 정말 고민이 에요. 수도세가 너무 많이 나와요. 엉엉.

할머니   어머, 그 사람 우리 아저씨야(남편이라는 뜻). 내가 좀 쓰라고 했어.

큰정   ???

그렇다. 이곳의 이웃들은 우리의 동지도 아니며, 적도 아 니다. 우리는 여전히 그들을 이해하지 못하고 있다. 어쩌면 영원히 그들은 이웃이란 이름으로 동지와 적 사이 회색 공간 에 자리할지도 모르겠다.

그렇게 우리 집 마당에 있는 수도는 동네 공용 수도꼭지가 되었다.

한없이 가혹했던
그해 여름

건물주의 무게

"건물주라 좋겠네요."

이 말은 맞기도, 틀리기도 하다. 우리는 집을 소유하게 되면서 한 번도 경험하지 못한 전쟁을 겪었다. 사건의 발단은 2019년 7월로 거슬러 올라간다.

집은 리모델링 공사 막바지로 인테리어가 거의 끝난 상태였다. 공사를 시작하고 처음으로 비가 내린 날, 깨끗하게 페인트칠을 해놓은 지하의 벽 한쪽에 크게 물 자국이 났다. P실장은 고개를 갸우뚱하며 물 자국이 마르자 페인트를 덧발라 보수했다.

또 한 차례 비가 내렸다. 이번에는 지하 장판 위로 물웅덩이가 생겼다. 장판을 들어내니 바닥에 물이 흥건했다. 이미 몇 군데 곰팡이가 생기기 시작해 한여름에 보일러를 33도로 틀어놓고 바닥을 말려야만 했다. 다음 비가 내리자 상황은 더 심각해졌다. 지하 보일러실이 물에 잠긴 것이다. 늦은 밤에 일어난 일이라 실장들에게 알렸지만 달려올 수 있는 상황은 아니었다. 결국 혼자서 바가지를 들고 보일러실의 물을 퍼냈다.

누수는 지하만의 문제가 아니었다. 외부 창고 천장도 비에 젖어 물이 한 방울씩 떨어지기 시작했는데, 천장의 철골 구조가 드러날 정도였다. 1층 신발장과 2층 현관에도 불길한 물 자국이 나타났다. 여름이라 자주 비가 내렸고, 비 온 다음 날이면 두 실장들이 방문해 실리콘을 쏘거나 비닐을 까는 조치를 취해줬지만 미봉책이었다. J실장은 매번 '이렇게 해놓으면 괜찮을 겁니다'라고 했지만, 다음 비가 내리면 모든 것이 원점이었다. 비가 새던 부분은 여전히 비가 샜고, 오히려 그 범위만 넓어져 갔다.

처음에는 여느 AS처럼 기사님을 부르면 알아서 척척 고쳐줄 것이라고 생각했지만, 상황이 나아지지 않자 우리도 해결책을 찾아 머리를 굴리기 시작했다. 생각해보니 누수가 심한 지층과 외부 창고의 경우, 리모델링 전후 가장 큰 변화는 전주인 할아버지가 만들어놓은 지붕을 없앤 것이었다. 기존 지붕은 비로부터 내부를 완벽히 보호했지만 예쁜 것과는 거리가 멀었다. 디자인을 중시한 P실장은 이를 가장 먼저 철거했고, 하필 바로 그 부분에서 비가 줄줄 새는 것이었다. 역시 오래된 집에 추가로 만들어놓은 것들은 다 이유가 있다.

여기까지 생각이 닿자 원래 있던 지붕을 다시 복구하기로 했다. 실장들이 임의로 없앤 지붕을 다시 만드는 것이니 처음엔 본인이 비용을 부담하기로 했으나, 생각보다 비용이 많이 든다고 우리에게 비용의 반을 부담해줄 수 없냐고 물었다. 그때까지만 해도 실장들과는 매우 좋은 관계를 유지하고 있었기에 (우리도 상황이 어려웠음에도) 그러기로 했다. 지하도 세입자 입주가 두 달 반이나 늦춰질 정도로 누수 문제가 심각해서 결국 상습적으로 물이 새는 바닥을 들어내 다시 미장을 하고 새로 장판을 깔기로 했다. 이 비용도 (그놈의 관계 때문에) 공동으로 부담했다.

다시 지붕을 만들었고, 지하 바닥도 공사를 끝냈다. 여름내내 누수와의 전쟁이었지만 이제는 괜찮겠지 싶었다. 그즈음 여름에서 가을로 접어들었고, 큰비는 몇 달 동안 내리지 않았다. 비가 내리지 않았으니 비 피해도 없었다. 겨울에 지하 천장이 습기를 먹어 벽지가 사정없이 떨어진 적을 제외하고는 말이다. 실장들과도 명절에 서로 선물을 주고받을 정도로 좋은 사이를 유지했다. 집에는 그렇게 막간의 평화가 찾아왔다.

2020년 7월 23일, 폭우가 내리기 시작했다. 무려 10개월 만의 폭우였다. 그날 지하의 절반이 발목 높이로 완전히 침수되었다. 늦은 밤 침대와 소파와 테이블이 나란히 물에 잠겨 있던 그 광경과 한 발을 내딛자 경쾌하게 찰랑이던 물소리, 발을 감싸던 싸늘한 온도는 아직도 잊을 수가 없다.

이해를 돕기 위해 지하의 독특한 구조를 설명하자면, 지하는 원래 두 집으로 나뉘었던 곳을 하나로 만들어 바닥 높이가 어떤 곳은 높고, 어떤 곳은 낮다. 특히 화장실로 가는 길은 두 번 머리를 숙여야 지나갈 수 있는데 나도 꽤 여러 번 머리를 부딪히는 뼈아픈 경험을 한 뒤에야 적응할 수 있었다. 안 그래도 천장이 낮고 바닥 턱이 많은 상태에서 상습 누수 구역에 10센티 높이의 시멘트를 바르는 것은 쉽지 않은 결정이었다. 이로 인해 바닥 턱이 하나 더 추가되고, 그 부분은 난방이 되지 않는 부작용을 감수해야 했기 때문이다.

그럼에도 이렇게 하면 '누수를 잡을 수 있다'는 J실장의 말을 믿고 60만 원이나 들여 공사를 했는데, 폭우가 내리자 빗물이 공사한 곳을 그대로 통과해 공사 후 가장 지대가 낮아진 거실로 모인 것이다. 문제는 원래 누수가 있던 곳은 혹시나 해 가구를 두지 않았는데, 거실은 이제 막 새로 산 가구들을 넣은 시점이었다. 차라리 아무것도 하지 않는 편이 나았다.

우리는 두 실장에게 워터파크로 변한 지하 동영상을 보냈고, 다음 날 그들은 집을 찾아왔다. J실장은 마당에서 지하로 물이 들어오는 것 같다고 했다. 처음에는 옆 골목에서 지하로 물이 들어오는 거라 해서 나와 동생이 직접 땡볕 아래에서 우레탄 방수까지 손수 발랐는데 그래도 물이 새자 마당 탓을 하는 것이었다. 이를 해결하려면 마당 바닥을 철거해 다시 방수 공사를 해야 한다고 했다. 대략적인 견적만 해도 200만 원을 훌쩍 넘었다. 지금 궁지에 몰린 우리는 차선책을 선택할 수밖에 없었다. 바로 방수비닐. 물이 밑으로 스며들지 못하도록 마당 전체에 방수비닐을 깔고 나가면서 '이제는 괜찮을 겁니다'하며 손을 흔들던 J실장의 모습을 기억한다.

그리고 며칠 뒤 또 폭우가 내렸다. 지하는 똑같은 수준으로 침수되었다. 마당에 깔아 둔 비닐은 어디 하나 벗겨진 데 없이 그대로였는데 말이다. 겨우 말려놓은 가구들이 다시 물에 잠겨 있는 모습을 참담한 심경으로 확인하고, 넋 나간 정신을 수습하려 2층으로 올라갔는데, 내 방 입구 쪽 천장에서 누가 물뿌리개를 정수리에 얕게 분사하는 것 같은 느낌이 들었다. 이상하다고 생각하며 천장을 올려다보니 천장 매립등에서 물이 가늘게 뚝뚝 떨어지고 있었다.

다시 실장들을 호출했다. 그들은 누전의 위험이 있다며 일단 매립등을 떼어냈고, 요리조리 살피더니 옥상에서 물이 들어오는 것 같다고 했다. 그리고 마당에 깔았던 방수비닐을 옥상에도 깔았다. 비닐을 까는 실장들을 보면서 동생이 말했다.

"아예 집 전체를 비닐로 싸지 그래요."

며칠 뒤 다시 폭우가 왔다. 이른 아침, 얼굴에 '두두둑'하고 차가운 감촉이 느껴져 눈을 뜨니 이번에는 2층 내 방이었다. 천장 매립등 한 곳에 물이 고여 내 얼굴을 향해 사정없이 떨어지고 있었다. 밤새 떨어지고 있었던 건지 주변 매트리스는 이미 푹 젖은 상태였다. 놀란 소리에 옆방에서 자던 동생이 달려와 매트리스를 치우고 바가지를 밑에 받쳐 두었다. 바가지에는 빠른 속도로 물이 차기 시작했고, 동시에 내 마음에도 같은 속도로 화가 치밀어 오르기 시작했다.

2층 누수에 대한 두 실장들의 태도는 지하 누수 때와 동일했다. 매번 누수가 될 때마다 방문해 무엇이 원인일 것이라 예측했지만 (비가 계속 와주면서) 그 예측은 모두 빗나갔다. J실장이 이렇게 잘못된 예측을 거듭하는 동안 집 전체는 그야말로 대환장파티가 되었다. 지층은 이미 다섯 차례 완전히 침수되어 물이 튀었던 모든 곳에 형형색색의 곰팡이가 피었고, 외부 창고의 천상은 누수로 페인트기 떨어져 골조가 드러났으며, 1층 신발장에도 새로 생긴 물 자국이 선명하게 나타났고, 2층으로 올라가는 내부 계단실에는 물이 흥건했으며, 2층 내방 천장은 누수 위치가 여러 번 바뀌면서 천장의 석고보드가 내려앉았다.

집보다 더 손상된 것은 나와 동생의 정신 상태였다. 우리의 감정은 시시각각 변했다. 처음 지하와 2층의 누수를 확인했을 때는 놀라 허둥지둥했지만, 워낙 짧은 주기로 같은 형태의 폭우와 침수가 반복되다 보니 세 번째 누수부터는 나름 능수 능란해졌다. 새벽에 얼굴에 물방울이 떨어지면 로봇처럼 자동으로 일어나 전등부터 끄고, 침대 위에 바가지 다섯 개를 착착 올려놓았다. 바가지에서 물이 다시 밖으로 튀지 않게 안에 수건도 접어 넣었다.

지하는 수도꼭지처럼 물이 새기 시작하는 포인트들이 있었기에 그 부분을 막는 데 주력했다. 다이소에서 쓸만한 재료들을 사서 물이 새는 부분 주변에 벽을 쌓았다. 동생과 어떻게 벽을 만들지 머리를 맞대고 생각하다 보니 우리가 무슨 발

명가가 된 듯한 느낌까지 들었다. 이런 쪽 일들은 순도 100퍼센트 문과인 내가 한 번도 사용해보지 않은 뇌의 영역이었다. 어쩔 수 없으면 즐기라 했던가? 웃기지만 우리는 그 와중에 약간은 재미를 느끼기도 했다.

　폭우가 내리는 밤이면 나는 지하에서 우두커니 앉아 물청소기를 총처럼 들고 있다가 10분마다 물을 빨아들였다. 마치 RPG 게임을 하듯 말이다. 그러다 결국 철퍼덕하고 물 찬 바닥에 주저앉아 목놓아 울기도 했고, 누전 위험으로 불을 켜지 못해 깜깜한 2층 내 방에 멍하게 있다가 갑자기 화가 치밀어 오르기도 했다. 리모델링하면 마음고생에 폭삭 늙는다더니, 우리에게도 그 시기가 와버렸다. 한없이 가혹한 여름이었다.

2022년 현재

누수를 잡지 못한 P실장은 결국 연락을 두절했다. 우리는 P실장을 상대로 소송을 제기했고, 서로 변호사를 선임해 1년째 기약 없는 소송 중에 있다. 어떤 판결이 날지는 미래 어느 하루의 날씨를 맞히는 것처럼 어렵고, 우리는 그저 재판 결과가 앞으로의 삶에 너무 큰 영향을 주지 않기를, 가벼운 감기처럼 지나가기만을 바라고 있다.

외출은 싫은데
친구는 만나고 싶어

집순이 언니의 고백: 큰정 시점

나는 거의 집에서만 생활하는 (집) 안사람이다. 그리고 아웃사이더다. 친구들과 야심 차게 만날 약속을 정해놓고 막상 그날이 오면 비라도 쏟아져서 자연스럽게 약속이 취소되기를 바라는 스타일이다. 약속은 하루에 한 건만 잡는다. 동생은 나와 달리 바깥양반이다. 그녀는 그야말로 우주대인싸로, 하루에 세 건 이상의 이벤트를 처리한다. 하나, 회사에 출근했다가 퇴근하고 둘, 미용실에 들렀다가 셋, 밤에 친구들과 공연을 보러 가는 연예인 같은 스케줄을 소화한다. 나였으면 3일에 걸쳐 할 일이다.

최근에 동생이 2주간 이집트로 여행을 다녀왔는데 나는 그 2주 동안 거의 집에서 생활했다. 마침 일도 없어 화분에 새싹 자라는 거 구경하고, 두어 번 따릉이를 타고 집 근처 카페

278

에 다녀오고, 영화 몇 편을 본 게 2주간 내가 한 일의 전부였다. 하지만 동생은 달랐다. 이집트에서 돌아온 다음 날 회사에서 새벽까지 야근을 했고, 둘째 날에는 친구들을 불러 집들이를 하더니, 셋째 날에는 올림픽 공원에서 열린 뮤직 페스티벌에 갔으며, 넷째 날에는 지방으로 놀러 갔다. 그리고 다섯째 날부터 일주일간 제주도로 출장을 갔다. 나는 그런 동생을 관찰하는 것만으로도 피곤해서 코피가 터질 지경이었다. 매일 사람들을 만나러 나가다니, 신기함을 넘어 경이롭기까지 했다. 생각해보면 나는 대학 때도 그 흔한 동아리 활동 한 번 해본 적이 없었다. 사람들과 뭉치는 걸 전혀 좋아하지 않는 사람이었다.

그런데 동생과 같이 단독주택으로 독립한 후 많은 친구들이 우리 집에 놀러 왔다. 생각만으로도 피곤할 줄 알았는데 집에서 친구들과 노는 것이 예상외로 즐거웠다. 막차 시간이 다 되어 친구들이 집에 가야 할 시간이 되면 내 침대와 여행용 칫솔을 선뜻 내어주며 '자고 가~'라며 붙잡을 정도다. 이곳에서 나는 나도 몰랐던 나의 진실을 알게 되었다. 사실 나는 '사람들과의 만남을 좋아하는 인간'이었다. 단지 외출이 매우 귀찮았을 뿐.

보광동에서는 일주일에 두어 번씩 친구들이 놀러 왔다. 그 때마다 청소하고 음식을 준비했다. 혼자서 밥을 먹을 때는 3분 카레와 라면이 주식이라 설익은 밥만 되는 9,900원짜리 초미니 밥솥을 4년 동안 사용했지만, 딱히 불만스럽지 않았다. 나의 식기 로망은 '식판'이다. 한 번에 밥과 반찬을 모두 놓을 수 있고, 식판 하나만 설거지하면 되니 이 얼마나 좋은가(물론 동생과 엄마의 반대로 실현되지 못한 나의 꿈이다).

그런데 친구들이 놀러 올 때면 갑자기 내 안에 누워 쿨쿨 자고 있던 '요리 꿈나무(이하 요리 인격)'가 깨어난다. 요리 인격은 홍합 크림 스파게티를 만들기 위해 칫솔로 홍합을 박박 문질러 씻는 엄청나게 번잡스러운 일도 마다하지 않는다. 연이은 집들이로 크림 스파게티를 열 번 정도 만들고 이제 손맛으로 간을 맞추는 단계에 이르자 요리 인격은 다른 요리에 도전한다. 훠궈, 즉석 떡볶이, 어묵탕, 홍합찜, 스콘, 인도식 카레를 만들더니 이번엔 피자까지 구웠다. 문제는 이 요리 인격이 친구들이 있을 때만 활동하고 친구들이 떠나면 바로 안으로 숨어버린다는 것이다. 요리 인격이 떠난 자리에 나는 다시 냄비에 라면 물을 올렸다.

이번 집 집들이도 공사가 끝나고 가구가 어느 정도 채워지기 무섭게 시작되었다. 첫 스타트는 동생 친구들이 끊었다.

보광동에서부터 내 친구들과 동생 친구들이 워낙 자주 오다
보니 어느새 동생 친구가 내 친구가 되고, 내 친구가 동생 친
구가 되어 있는 상태였다. 익숙한 얼굴들이 '까아~' 돌고래
소리를 내면서 요란하게 등장했다.

두 번째 집들이에서는 오랜만에 요리 인격이 나와 토마토
스파게티를 만들고 스테이크를 구웠다. 처음 굽는 스테이크
였는데 너무 잘 구워져 요리 인격도 놀라워했다. 집들이가 다
섯 번째가 되자 너덜너덜해진 요리 인격은 밖으로 나올 생각
을 하지 않았다. 그럼에도 친구들에게 좋은 요리를 대접하고
싶다는 생각에 단골식당인 해방촌의 '해방식당' 셰프님에게
테이크 아웃 요리를 주문했다.

지난 추석에는 1층 독서모임의 연례행사인 윷놀이가 우리
집에서 열렸다. 추석에 심심한 사람 모이라고 했더니 많이도
모였다. 집이 하우스를 방불케 했다. 전투적인 윷놀이였다.
윷놀이가 처음이었던 나는 규칙도 모르고 힘차게 윷만 던지
다가 1만 원을 잃었다. 유튜브에 '윷놀이 필승법'을 찾아 이
설욕하겠다고 다짐했다.

친구들을 초대하면서 가장 보람찰 때가 언제인지 묻는다
면 단연 '자고 가는 친구들에게 아침을 먹여 회사로 보낼 때'

다. 친구들은 우리 집이 꼭 게스트하우스 같다고 한다. 그렇다. 어쩌면 게스트하우스 주인장이 내 천직일지도 모른다. 이제 이 집은 혼자 있는 게 더 어색하다. 가끔 2층 거실에 앉아 있을 때면 1층 마당에서 하는 독서모임 소리가 집 안으로 새어 들어온다. 그럴 때면 창문을 활짝 열어 사람들이 나누는 이야기에 가만히 귀를 기울인다. 사람을 귀찮다고 여겼던 내가 이제 사람들로부터 위안을 얻고 있다.

치킨부터 피자까지 요리 인격이 나날이 성장 중이다.
역시 밥은 함께 먹어야 맛있다.

쿨한 시대,
질척이며 삽니다

우리 원래 안 친해요

우리가 한 집에 모여 살게 되면서 사람들은 언제부터 같이 살만큼 친했는지 종종 물었다. 그런데 우리는 원래 친하지 않았다. 그럼 지금은 친하냐고 물어본다면 그것도 살짝 머뭇거려진다. 우선 '친하다'의 사전적 정의부터 찾아봐야 할 것 같은 관계라고 해야 할까. 그 이유는 일반적으로 우리가 생각하는 친한 친구와의 느낌과는 사뭇 다르기 때문이다. 확실한 건 절친들끼리 꺄륵꺄륵 웃으며 옹기종기 살기 시작한 것은 아니라는 것이다.

살다 보니 친하게 되는 상대의 범주가 어느 정도 정해져 있다는 것을 알게 되었다. 같은 나이, 같은 성별, 같은 학교, 같은 회사, 같은 직업 등. 친한 상대는 차이점보다는 공통점이 많은 사람들이었고, 그 공통점은 주체적으로 선택한 것이라기보다는 환경적으로 소속된 것들이었다.

'초록은 동색'이라는 진부한 옛말이 틀림없음을 증명하듯 나와 친구들은 굉장히 유사했다. 우선 대부분 여자들이었고 또래였다. 참고로 여중, 여고, 여대를 나온 언니는 남사친이 단 한 명도 없다. 10대 때는 같은 초·중·고등학교에 다니는 사람들과 가장 친했고, 대학교 때는 대학 동기, 입사 후에는 입사 동기들이었다. 물론 모든 것은 상대적이라 우리들 안에서도 다양성이 존재했고 친함의 정도도 달랐지만, 그 차이는 미묘했다.

초록은 동색의 범위를 처음 벗어난 게 N독서모임이었다. 2016년 N독서모임은 서대문역 근처 정동길에 있었다. 성별, 나이, 직업, 출생지가 같은 사람은 한 명도 없었고, 지금 1층 식구가 된 H와 S도 그곳에서 만났다. H는 이 독서모임의 대표였고, S는 B심리상담소를 운영하며 나와 함께 매주 한 번 독서모임에 참가하는 멤버였다. 여기서도 우리는 친해지기 쉽지 않았다. 기본적으로 이 모임은 이름 말고는 아무것도 물어보지 않는 것이 원칙이어서 5년이 넘도록 매주 만나는 멤버들이었지만 서로에 대해 아는 게 없었다. 진짜 '책만 읽고 토론하는' 독서모임이었다.

N독서모임에서는 주로 인문학이나 고전을 다뤘는데, 그러다 보니 자연스럽게 책 속에 담긴 삶의 고민들, 가족이나 친구들에게도 꺼내지 못했던 이야기들을 함께 나누었다. 오히려 서로를 모른다는 전제가 서로 더 자유롭게 이야기할 수 있게 만들어줬다.

"우리는 이 문을 나서는 순간 모르는 사람입니다."

H는 늘 이 말을 반 농담으로 말하며 여기에서만큼은 어떠한 경계 없이 자유롭게 대화할 수 있도록 분위기를 유도했다. 그렇게 우리는 하나도 안 친한데 엄청 친한 것 같은 묘한 관계가 되었다. 그 후로 고정 멤버들이 생기면서 분위기가 조금씩 바뀌었고, 최근에서야 나이와 직업을 오픈하고 전화번호도 교환했다.

지금은 '무려' 같이 밥도 먹고, 술도 마시고, 명절에 만나 윷놀이까지 하는 사이가 되었다. 물론 여전히 살면서 겪어온 친구의 범주는 아니지만 말이다. 그럼에도 그들은 어느새 나에게 그 누구보다 나를 잘 알고 알아주는 사람들이 되었다. 그러던 와중 우리는 집을 사게 되었고 좋아하는 사람들과 함께 살기를 원했다. 다행히 입주 희망 1순위였던 H와 S의 수락으로 대방동은 지금의 완전체가 될 수 있었다.

일단 함께 살기로 도장은 찍었지만, 누군가와 같이 산다는 것은 쉬운 일이 아니었다. 아는 사람일수록 더욱 그랬다. 우리는 입주 전부터 해야 할 것과 하지 말아야 할 것들부터 정했지만 마음 준비를 아무리 단단히 한들 진짜 함께 '잘' 산다는 것은 상상보다 훨씬 복잡하다. 그리고 예상처럼 그 설마 했던 불화들도 하나씩 생겨나기 시작했다.

매주 만나 별의별 이야기를 나눈 사이지만 개인적인 삶의 공간에서 불쑥불쑥 마주치는 것은 꽤 어색하고 당황스러운 일이다. 터덜터덜 음식물 쓰레기를 버리러 나갈 때나 퇴근하고 귀가할 때처럼 '약속되지 않은 마주침'의 상황은 종종 발생했고, 마주침을 줄이고자 잘못한 일도 없는데 바짝 몸을 낮춘 고양이처럼 살금살금 마당을 지나다니기도 했다. 그렇게 서로에게 폐를 끼치지 않으려고 조심하던 중 나와 S 사이에 불화 사건이 일어났다.

당시 나는 정치적 이슈에 빠져 있었다. S와 함께하는 화요일 독서모임에서도 정치적 사안에 대해 의견을 내비치기에 주저함이 없었다. 그동안 정치·사회적 관점에 대해 종종 미묘한 논쟁이 있었던 나와 S였으나 그날은 꽤 날카롭게 붙었다. 정확하게는 붙었다기보다는 내가 일방적으로 두들겨 맞았다. 조금의 의심도 없이 100퍼센트 옳은 일이라고 믿고 있었던 것에 대해 S가 본인의 경험에 비추어 반박을 했는데 뒤통수가 띵한 느낌이 들었다. 기분이 상했고 인정하고 싶지 않았지만 반박할 수 있는 논리가 떠오르지 않았다. 나는 말을 얼버무리며 일단 주제를 돌렸지만, 그 후로 일주일 내내 그 생각에 사로잡혀 있었다. 다음 모임 때 어떻게 반박을 해야 하나 여러 가지 시나리오가 머릿속을 맴돌았지만 자신도 부끄러워지는 억지스러움에 기분만 더 나빠졌다.

그렇게 마음이 뒤숭숭한 시간을 보내고 있던 어느 날 퇴근길에 멀리 마당을 나서는 S와 마주칠 뻔한 일이 있었다. S는 가방에서 뭔가를 찾고 있는 터라 다행히 멀리서 걸어오는 나를 보지 못한 것 같았다. 순간 나는 무의식적으로 재빠르게 옆길로 몸을 피했다. 0.5초의 반응 속도로 일어난 일이었다. 아직 그녀를 만날 어떠한 마음의 정리도 되지 않은 상태였기에 그렇게 나는 골목을 돌고 돌아 S가 멀어졌을 때쯤 집으로 기어들어갔다.

아, 내가 지금 도대체 뭘 하고 있는 거지?

이곳에 함께 이사할 때만 하더라도 다 같이 잘살아 보세를 외치며 깔깔거렸지만 나는 어느새 그녀를 피하고 있었다. 지금 생각해보면 단순히 그날의 논쟁 여파뿐만 아니라 같이 살기 시작하면서 불편했던 것들이 조금씩 쌓여 불편함을 만들어낸 것임이 분명했다. 그날 나는 S가 갑작스럽게 (웃으며) 이사를 하는 꿈을 꾸었고, 나는 이렇게는 안 된다며 펑펑 울었다. 이대로 계속 피해 다닐 수는 없는 일이었다. 다음 독서모임 날이 왔고, 모임이 끝나고 모두가 헤어질 때쯤 내가 그녀에게 먼저 말을 걸었다.

"잠시 이야기를 좀 할 수 있을까요?"

이게 뭐라고 입 밖으로 말을 꺼내자마자 순간 울컥함이 올라왔다. 나는 지난주 논쟁에 대해 날마다 고민했지만 반박할 논리를 찾아내지 못했고 꽤 오랜 시간 틀림없다고 믿고 살아온 부분이라 너무 혼란스럽고 고통스러우니 도와달라고 말했다. 집 앞에서 S를 피해 도망간 이야기도 했다.

"어머 지원 씨, 정말 고마워요."

나의 두서없고 우물쭈물한 고백에 S는 이렇게 대답했다. 그녀는 본인도 느끼고 있었다며 어떻게 풀어야 할지 고민했다고 한다. 그 순간 목과 폐 사이에 끼어 있던 묵직한 모래주머니가 사라지는 것 같은 홀가분함을 느꼈다. 그때 무슨 이야기를 얼마큼 나누었는지는 정확하게 떠오르지 않지만, 그날 밤 우리는 함께 살게 되면서 조심했던 부분, 불편했던 부분, 그리고 서로의 성격과 삶의 방향 등에 대해 밤늦도록 알아갔다.

나와 S는 이 사건을 두고두고 회자하며 그때 비로소 우리가 진짜 가까워졌다고 말한다. 진솔한 첫 대화였다. S와 나는 분명 상당 부분 다른 점들이 더 많았지만, 각자가 싫어하는 자신의 모습들은 꽤 닮아 있었다. 그런 부분들이 '안 맞다'라고 서로가 느꼈던 것이다 .

S와 나는 여전하다. 그 사건 이후 달라진 것이 있다면 서로에 대한 맷집이 조금 좋아졌고 그 맷집을 계속해서 키워가고 있다는 것쯤. 마음에 들지 않는 부분이 보이면 빠르게 재단하고 판단해서 관계를 끊어내는 것이 아니라 함께 분석해주고 알아봐 주고 곁에 남아주려 노력한다. 우리는 각자에 대한 실망과 아쉬움을 지켜봐 주고 변화를 응원하는 중이다.

혼밥, 혼술, 혼여 등 혼자 잘 사는 법에 대한 많은 노하우가 쏟아져 나왔다. 집단 속에서 공동체의 미덕을 강요받았던 우리는 개인을 희생시키고 소멸시키는 아픔을 경험했다. 그래서일까? 타인과 '적당한 거리 둠'과 '혼자 잘 있음'에 대한 욕구가 커지는 것은 어쩌면 너무도 자연스러운 흐름일지 모른다. 하지만 그렇다고 해서 그때는 틀리고 지금은 맞는다는 것은 아니다. 왜냐하면 우리는 '혼자'이고 싶지만, 또한 '같이'이고도 싶다. '함께'가 너무 괴로웠던 우리는 타인을 지워버렸고, 지금 더 외로워졌다.

'어떻게 같이 살아?'라는 질문을 '원래부터 친했어?'만큼 많이 들었다. 그리고 덧붙여 가족도 힘든데 남과는 도저히 불편해서 같이 못 살 것 같다고들 말한다. 그 말은 맞다. 우리는 불편함과 함께 산다. 그래서 그 누구보다 '적당한 거리'를 원한다. 하지만 가까워진 경험 없이 처음부터 '적당한 거리'가 가능할까? 결국 그 적당함을 찾기 위해 가깝고 멂을 반복할 수밖에 없을 것이다. 다들 '인생은 혼자야'와 그럼에도 불구하고 '함께 살고 싶어' 사이의 그 중간 어딘가를 계속 저울질하며 살아가는 것 아닐까.

그렇게 우리는 기꺼이 서로의 선을 침범하는 삶을 살아보기로 했다. 세련된 거리 둠과 깔끔한 예의 차림으로 서로의 흠 따위는 1도 나누지 않는 그런 관계가 아니라 무너지고, 비참하고, 질척이는 관계를 해보기로 다짐했다. 함께 산 지 3년이 다 되어가는 이 시점에 S와 나뿐만 아니라 이 집에 함께 살기로 한 여자 셋과 남자 둘, 그리고 고양이 한 마리는 서로의 곁에 남아 있기 위해 도망가지 않고 맷집을 키워가고 있는 중이다. 그렇게 우리는 서로에게 어제보다 오늘 조금 더 잘살아볼 힘을 얻는다.

적당히 쿨하고
적당히 질척이며 살고 있습니다.

우주적 스케일의 집을 꿈꾸다

큰정
시점

편집자님이 정해준 마감날이 내일로 다가왔다.

우연히 동생이 테이블에 펼쳐놓은 장 그르니에Jean Grenier의 책 몇 줄을 읽었는데, 그 유려한 문장에 완전히 기가 눌려버렸다. 대가의 글 앞에서 '우리가 책을 낼 자격이 있나'라는 의심이 목구멍까지 차올랐으나, 최대한 삼키며 우리의 글을 이어나가기로 했다.

지금 동생은 거실에 앉아 글을 쓰고 있고, 나는 내방 온수 매트에 드러누워 원고의 마지막을 달리고 있다. 라이는 우리가 모두 보이는 곳에 언짢은 표정으로 앉아 누구든 놀아주기만을 기다리고 있다. 같은 시간 1층은 한 독서모임 멤버가 H에게 긴급 돌봄 서비스를 신청했다고 하더니 불이 켜져 있고,

지하 총각은 일을 마치고 곧 집에 도착한다는 연락을 전해왔다. 1층에 살면서 심리상담소를 운영했던 S는 사정이 생겨 이곳에 사무실만 남기고 조금 먼 곳으로 이사를 했는데 여기에서 고작 지하철 세 정거장 떨어진 곳으로 다시 집을 구했다는 반가운 소식을 전해왔다. 이것이 2022년 봄날, 우리가 모여 사는 작은 풍경이다.

이렇게 사는 것이 좋아서 여기 사는 사람들에게 영원히 이렇게 지내자는 서약서에 도장이라도 찍게 하고 싶지만 그럴 수 없다는 것을 안다. 살다 보면 누군가는 이곳을 떠날 수도 있고, 새로운 사람이 들어올 수도 있다. 모여 살아 좋은 날도 있을 것이고, 잠시 반목하는 날도 있을 것이다. 그래도 함께 살아 느꼈던 온기를 잊지 않고, 함께 사는 것을 포기하지 않기를.

보잘것없는 글이지만 한 사람이라도 이 책을 읽고, 함께 사는 것이 꽤 괜찮다고 느꼈다면 그것으로 충분한 의미가 있을 것이다.

작은정
시점

이 집으로 이사 온 후 플리마켓, 아틀리에, 메이크업숍, 독서모임, 심리상담소, 공유 오피스, 술집, 게스트하우스 등 이 작은 공간에서 많은 것을 시도해봤다. 어떤 시도는 한 번으로 끝이 났고, 어떤 시도는 일상이 되었다. 여자 셋, 남자 둘, 고양이 한 마리가 살고 있는 작고 평범한 2층짜리 단독주택이지만 그 속에서는 3년이 10년처럼 느껴질 만큼 많은 변화가 있었고 지금도 그 변화는 계속 일어나고 있다. 그리고 계속해서 나는 이런 우리의 삶을 조금 더 잘 담을 수 있는 마을을 꿈꾸고 있다.

그 마을에는 각자의 집으로 들어가는 입구에 함께 이용하는 공간이 있다. 그곳에서는 모두가 커피도 마시고 음식도 해 먹을 수 있었으면 한다. 유리로 만들어 누가 앉아 있는지 오며 가며 볼 수 있고, 동시에 그곳에 앉아 있다면 혼자가 아니어도 된다는 일종의 시그널이 될 수 있을 것이다. 그 옆에는 함께 사는 사람들의 책들이 빼곡하게 채워져 있고 서로가 읽는 책을 같이 볼 수 있었으면 한다. 그렇게 누군가는 자신의 공간 또는 공용의 공간에서 서점, 카페, 꽃집, 메이크업숍, 와인바, 음식점, 작업실 등을 열면서 각자가 사랑하는 일을 하며 살았으면 한다. 시간이 흘러 새로운 가족이 생기면 아이와 반려동물도 함께 키우면서 서로의 기쁨과 슬픔을 곁에서 나누기를 바란다.

마을의 이미지는 매번 머릿속에서 바뀌지만, 확실한 것은 지금보다 더 거대하고 으리으리한 공간을 바라는 것도 아니고, 지금보다 더 친밀하게 매일을 부대끼며 살아가는 것도 아니다. 그저 몇 명의 친구들이 더 함께 살고, 지금보다 생활 공간이 조금 더 확보되어 각자가 즐겁게 하는 것들을 조금 더 잘 펼칠 수 있고, 그러다 오며 가며 삶을 나눌 수 있다면 그것으로 충분하다. 그리고 그 마을이 생긴다고 하더라도 '그 후로 그들은 영원히 행복하게 살았습니다'라는 결말은 절대 없을 것이다. 그때도 우리는 치열하게 서로의 삶을 침범하며 아슬아슬한 관계의 줄타기를 할 것이며, 그 과정에서 변하고 사라지는 것들에 대해 뼈아픈 경험도 하게 될 것이다. 그런 경험들을 통해 함께 있는 순간을 더 감사하며 각자의 삶을 가까이서 지켜보고 바라봐 주며 함께 사는 삶을 살아가고 싶다.

이 집으로 이사를 오고 3년이 넘었다. 집 마당 입구에는 이전 집주인이 남기고 간 산수유나무가 우리의 거친 보살핌에도 불구하고 살아남아 이번 봄에도 세 번째 노란 꽃을 피웠다. 겉으로 보아서는 자기 몸보다 작은 화분에 구겨 들어간 그저 바싹 마른 나무처럼 보이지만 이렇게 계절마다 살아 있음을 알려주니 반갑고 고마울 따름이다. 내년에도 강한 생명력으로 네 번째 꽃을 피워 줄 수 있을지는 알 수 없지만, 나는 그저 나무가 주는 기쁨을 즐기고 내 삶을 살면서 해줄 수 있는 것을 하며 믿고 기다리고 바라봐 주는 것밖에 없을 것이다. 그렇게 가능한 순간까지 함께 살며 즐거울 수 있기를 바란다.

정자매 하우스 오늘도 열렸습니다

여자 셋, 남자 둘, 그리고 고양이 하나,
끈끈하지 않아도 충분한 사람과 집 이야기

초판 1쇄 발행 2022년 6월 15일

지은이 정자매
펴낸이 성의현
펴낸곳 (주)미래의창

책임편집 김효선
디자인 윤일란
홍보 및 마케팅 연상희 · 김지훈 · 이희영 · 이보경

출판 신고 2019년 10월 28일 제2019-000291호
주소 서울시 마포구 잔다리로 62-1 미래의창빌딩(서교동 376-15, 5층)
전화 070-8693-1719 **팩스** 0507-1301-1585
홈페이지 www.miraebook.co.kr
ISBN 979-11-91464-96-2 03810

※ 책값은 뒤표지에 있습니다. 잘못된 책은 바꿔 드립니다.

생각이 글이 되고, 글이 책이 되는 놀라운 경험. 미래의창과 함께라면 가능합니다.
책을 통해 여러분의 생각과 아이디어를 더 많은 사람들과 공유하시기 바랍니다.
투고메일 togo@miraebook.co.kr (홈페이지와 블로그에서 양식을 다운로드하세요)
제휴 및 기타 문의 ask@miraebook.co.kr